FONELLE EST AMOUREUSE

SOPHIE

Fontanel

FONELLE EST AMOUREUSE

ROMAN

J'AI LU

Avant-propos

Voici pour ceux qui découvriraient Fonelle par ce livre : Fonelle est née il y a trois ans, dans le magazine *Elle*, à Paris.

À l'instant qui nous intéresse, 2004, début de ce livre, Fonelle a déjà vécu beaucoup de choses*.

Par exemple, Fonelle a fait croire à un célèbre ténor qu'il avait un bel organe, sans jamais préciser auquel elle pensait.

Fonelle s'est tapé la visite d'un jardin aux mille boutures, rien que pour séduire un botaniste.

Fonelle a arpenté la boutique Conran en achetant des cierges, grisée par un catholique de gauche.

Fonelle a fait croire qu'elle était de droite à un beau gosse réactionnaire.

Fonelle a fait croire à un poète amateur qu'il était Guillaume Apollinaire, uniquement pour qu'il se déshabille.

---

* Voir *Fonelle et ses amis*, NiL éditions.

Fonelle a fait semblant d'être une brêle pour exciter un vieil intello.

Fonelle, étranglée d'excitation, a regardé des gens faire l'amour dans l'immeuble d'en face.

Fonelle a fait l'amour avec un homme uniquement parce que les gens de l'immeuble d'en face la regardaient.

Fonelle s'est fichue à poil devant son écran d'ordinateur pour raviver un internaute.

Fonelle a rendu son chat malade pour séduire un vétérinaire.

Un jour, Fonelle a photographié un homme nu et sans défense.

Une autre fois, Fonelle a nagé sous l'eau pour aller toucher le pénis d'un homme.

Une fois, Fonelle a passé une soirée avec Mick Jagger en lui parlant tout du long comme s'il était Jean-Louis Aubert.

Une autre fois, Fonelle a pensé se faire passer pour lesbienne, pour mieux attirer les hommes.

Fonelle a séduit un gay.

Fonelle a fichu le souk à Dahab, Égypte, alors que là-bas tout était calme.

Fonelle a baragouiné de l'allemand pour s'envoyer un innocent Bavarois.

Fonelle s'est envoyé le consul de France à Tanger en croyant que c'était le cuisinier de l'ambassade.

À Venise, Fonelle a su quoi faire dans une gondole.

Fonelle est sortie avec un intégriste musulman.

Entre autres.

Mais, tout ça, c'est le passé.

Cette fois-ci Fonelle va encore plus loin : elle tombe amoureuse.

Où l'amour tombe sur Fonelle

De : Fonelle
À : Bianca
Objet : Amour
Bianca, ma belle, je t'écris heureuse. C'est possible qu'à ton réveil tu trouves plusieurs mails des gens avec qui j'étais hier soir à la fête de mon cousin Otto, te disant que j'ai passé la soirée avec un type sensationnel, un homme merveilleux, avec une grâce insensée, des manières de léopard, des omoplates divines sur lesquelles il fait reposer le parfait équilibre de son sublime port de tête, une élégance à côté de laquelle le prince Charles est un représentant en coupe-choux. Ah, et puis aussi des yeux où le soleil a stocké ses rayons, et une bouche en forme de papillon. Bref, un homme pour moi. Eh bien, sache que tout ça, ça peut t'arriver même à toi. Ça t'arrivera. Pour le moment c'est moi qui ai trop de la chance, mais ça peut te tomber dessus d'un jour à l'autre, même si le plus important c'est que tu ne t'y attendes pas, pour pas jeter l'effroi sur ton destin. Courage.

De : Otto
À : Bianca
Objet : Soirée d'hier

Bianca, j'espère que ta migraine te laisse en paix. Tu nous as bien manqué hier soir. Et, surtout, t'as loupé le dernier happening de notre Fonelle, qui a quand même passé la soirée vrillée à un petit bonhomme en costard-cravate, avec des pompes à glands, à lui sucer les favoris comme si c'était du sirop d'érable. Le pauvre gars était lui-même le premier étonné. Dès qu'il pouvait, il regardait partout autour de lui avec une tête de poussin pour voir si c'était pas un vidéo-gag. Je te jure, elle est fêlée, ta copine. Je suis d'accord que grâce à ça, elle laisse passer la lumière et qu'on s'est bien marrés, mais elle est fêlée, merde.

De : Domino
À : Bianca
Objet : Tu vas rire !

Bianca, t'es remise ? J'ai failli t'appeler tôt ce matin, mais j'avais peur de te réveiller. Tu peux pas imaginer comme on s'est marrés hier soir. Je sais pas ce qui s'est passé dans la tête de Fonelle, mais, alors qu'il y avait chez Otto des barquettes entières de collègues architectes tous plus masculins les uns que les autres, on a vu Fonelle perdre les eaux et rester tétanisée dans le couloir de l'entrée à l'arrivée de ce que tous, hier, on ne pouvait appeler autrement qu'un lutin. Elle le regardait ébahie comme si c'était une hostie. Mon fiancé et moi on n'a rien compris.

De : Bertil Oppenmeyer
À : Bianca
Objet : Assieds-toi
T'es au courant que Fonelle a pêché une friture ?

De : Bianca
À : Otto/Domino/Bertil Oppenmeyer
Objet : La version de Fonelle
Elle, elle dit qu'il est sensationnel.

De : Otto
À : Bianca
Objet : Re : La version de Fonelle
Tu déconnes ?

De : Domino
À : Bianca
Objet : Re : La version de Fonelle
Tu déconnes ?

De : Bertil Oppenmeyer
À : Bianca
Objet : Re : La version de Fonelle
Tu déconnes ?

De : Fonelle
À : Bianca
Objet : Quand l'amour…
Alors, pourquoi tu me réponds pas ? T'es triste parce que j'ai eu de la veine ? Faut pas, ma douce. Moi je t'aime, j'ai mon cœur de toute manière qui s'ouvre immense à tout l'amour du monde rien que parce que j'ai ce merveilleux saphir qui est entré dans ma vie. Vivement que je sois sertie par lui, hein !

De : Bianca
À : Fonelle
Objet : Re : Quand l'amour…

Otto, Domino et Bertil disent que c'est un Gremlin.

De : Fonelle
À : Bianca
Objet : Re : Re : Quand l'amour…

Tu déconnes ?

De : Fonelle
À : Otto/Domino/Bertil Oppenmeyer
Objet : Vous déconnez

OK, c'est pas parce que je vous fais voir des trucs sublimes auxquels vous n'auriez pas pensé qu'il faut diffamer mon nirvana. Otto, je te rappelle que, la dernière fois que t'es tombé amoureux, c'était de ta mère. Quant à toi, Bertil, c'est pas parce que Dieu t'a donné le QI d'un moniteur de ski qu'il faut réduire la vie entière à un tire-fesses. Parfois, l'amour se présente de manière plus élaborée. Ça enlève rien à la simplicissime fulgurance du sentiment, mais y a juste une esthétique supérieure dans le truc. Pigé ? Et toi, Domino, toi qui as trouvé l'amour, tu devrais savoir que c'est une candeur qui s'explique pas. Alors nous jugez pas.

De : Otto
À : Bianca
Objet : Problème Fonelle

T'as pas dit à Fonelle qu'on la trouvait ridicule, j'espère ?

De : Domino
À : Bianca
Objet : Affaire hier soir
Officiellement, je trouve le bonzaï de Fonelle sensationnel, je te préviens. Me fous pas dans la merde.

De : Bertil Oppenmeyer
À : Bianca
Objet : Plus grande discrétion
Par « friture », j'entendais un truc mignon. Surtout, me fous pas dans la merde avec Fonelle.

De : Bianca
À : Otto/Domino/Bertil Oppenmeyer
Objet : La conjuration des médiocres
Vous me dégoûtez. Fonelle trouve enfin un homme qui l'émeut, et vous tout ce que vous faites, c'est de lui rafaler la tronche avec votre ironie, et ensuite vous assumez même pas. Je suis sûre que le type est merveilleux. Fonelle peut pas se tromper. Vous êtes des blattes. Vous êtes des porcs. Vous êtes des lentes. Vous êtes des prépuces d'acariens. Je vous hais d'être si mauvais et néfastes.

De : Fonelle
À : Bianca
Objet : Amour amour
Tiens, je t'envoie en fichier joint la photo de cet homme que j'ai rencontré hier. L'image est pas bonne parce que j'ai pris la photo avec mon téléphone portable et en plus j'étais sous le buffet, mais on voit bien déjà en quoi il est différent de tous les autres.

De : Bianca
À : Otto/Domino/Bertil Oppenmeyer
Objet : Pardon pardon pardon

Euh, je viens de voir la photo du type en question : j'ai peut-être été un peu dure avec vous.

Où l'amour ne tombe pas tant que ça sur Fonelle

De : Fonelle
À : Bianca
Objet : Dans le réel

Excuse, je sais que tu m'as envoyé plein de mails cette semaine, et que j'ai pas répondu. J'avais pas le cœur à causer. Je suis d'une humeur de coléoptère. Rien ne va. Je suis sur la braise au bureau, assise non-stop sur les genoux de mon patron qu'est censé m'augmenter. C'est capital pour ma vie, vu ce que je gagne, à peine le PNB de la Somalie. Donc, je frétille de tactique pour jouer l'employée qui monte. Mais, même ça, je m'en laboure le pré. Plus rien m'intéresse.

De : Bianca
À : Fonelle
Objet : Re : Dans le réel

Plus rien t'intéresse ? Et l'homme merveilleux que tu avais rencontré ? Il paraît qu'il est physicien, me dit Domino !

De : Fonelle
À : Bianca
Objet : Re : Re : Dans le réel
M'en fous.

De : Bianca
À : Fonelle
Objet : Re : Re : Re : Dans le réel
Domino me dit qu'à la fête tu lui comptais les doigts de la main comme si c'était des divinités hindoues.

De : Fonelle
À : Bianca
Objet : La triste réalité
Oublie. Il me rappelle pas.

De : Bianca
À : Fonelle
Objet : Re : La triste réalité
No rappelade ? Il a couché avec toi, ce salaud, et il te rappelle pas !

De : Fonelle
À : Bianca
Objet : Re : Re : La triste réalité
Il n'a pas voulu faire l'amour avec moi.

De : Bianca
À : Fonelle
Objet : Salaud !
C'est énorme. L'immonde sordide salaud. Pour qui il nous prend ?

De : Fonelle
À : Bianca
Objet : Re : Salaud !
Alors que j'en suis déjà dingue ! ! ! Pour une fois que je me sens meilleure, c'est quand même pas de bol de se faire avoiner direct. Non, je vois bien que j'ai fait erreur dans mon credo. J'ai cru que l'amour existait, comme une vulgaire gourdasse de *Belle du Seigneur*. J'ai cru ce que je voyais dans ses yeux, sans me rendre compte que c'était mon propre reflet. J'en ai ras le bol de voir chez les autres les qualités que moi je possède. J'ai mis l'huile avant la table de massage, et pis c'est tout. J'en chiale des orties, mais tant pis. C'est dommage, parce que c'est un vrai coup de foudre. Je sens que je vais l'aimer à en acheter une compil de Cabrel. Il va réguler mon ironie, c'est horrible. Mais bon, n'en parlons plus. En plus, c'est ma vie privée.

De : Bianca
À : Fonelle
Objet : Re : Re : Salaud !
Vie privée ! Ah, c'est la meilleure, celle-là ! Désolée de te remettre brutalement les aiguilles dans le sens de la montre, mais je te rappelle qu'à première vue c'est pas non plus avancé au point qu'on puisse parler de « vie privée », poulette !

De : Fonelle
À : Bianca
Objet : Salope !
Bonjour l'amitié. J'agonise, et toi tu m'enfonces la

tête dans le bidet. Crève la gueule ouverte, vessie de fourmi. Je ne t'ai jamais aimée.

De : Bianca
À : Fonelle
Objet : Re : Salope !
Bon, je vois qu'on ne peut momentanément plus trop te parler, donc reprenons contact quand tu seras descendue de l'arbre de vie…

De : Fonelle
À : Bianca
Objet : Re : Re : Salope !
Tu pues.

De : Bianca
À : Fonelle
Objet : Saloperie !
… si jamais tu y montes.

Où Fonelle trompe déjà l'homme qu'elle aime

De : Fonelle
À : Bianca
Objet : Voyage au bout de la nuit

Écoute, j'ai bien meilleur moral. J'avais tellement le bourdon que je suis allée toute seule au Cabaret. Le videur du Cabaret, tu le connais ? Le trapu avec les rouflaquettes ? En tout cas, moi, maintenant, je le connais. Il vient de partir. Ah, il m'a tuée, avec sa carotide de taureau. J'aurais jamais imaginé qu'un type qui fait la fermeture d'une boîte avec des yeux en lune rousse trouverait encore la force de tomber de Charybde en Scylla à la simple vue d'un panty. Y a des videurs qui sont de vraies bêtes, j' te jure. Mais, bon, son pitbull était sympa, humain comme tout.

De : Bianca
À : Fonelle
Objet : La nuit est finie

C'est quoi ce plan punk ? On n'avait pas plutôt dit que t'étais amoureuse du physicien que tu viens de rencontrer et que la grâce immaculée de l'amour vrai, tant vantée par le sociologue Francesco Alberoni dans *Le Choc amoureux*, était enfin venue se matérialiser dans les tréfonds de ton âme ?

De : Fonelle
À : Bianca
Objet : Jusqu'au bout de la nuit
Je te signale au passage que, n'ayant aucune nouvelle de mon physicien, je ne vais quand même pas entamer un ramadan sous prétexte que la réciprocité de mon amour n'est pas encore totalement d'actu. Au contraire, j'enterre ma vie de garçon, là. Si ce physicien fait sa mijaurée, j'ai rien contre, et j' suis même d'accord que niveau poésie on touche au sonnet, mais dans la pratique, si je dois passer mon futur aux côtés d'un individu unique, j'aimerais, tant qu'à faire, me la donner à fond pendant que ça ne fait de mal à personne.

De : Bianca
À : Fonelle
Objet : Sortons de la nuit
Rassure-moi : tu comptes quand même pas t'envoyer tout Paris, sous prétexte que t'as rencontré l'homme de ta vie ?

De : Fonelle
À : Bianca
Objet : Re : Sortons de la nuit
Non, bien sûr.

De : Bianca
À : Fonelle
Objet : Re : Re : Sortons de la nuit

Tu me rassures.

De : Fonelle
À : Bianca
Objet : Re : Re : Re : Sortons de la nuit

… y a la province, aussi ! À Nice, c'est plein de beaux bruns quasi italiens. Et j'ai un copain qui m'a dit qu'à Bruxelles les hommes voyaient tellement pas le soleil qu'ils fonçaient sur tous les astres. Je suis pile leur cible, non ? C'est pas pile pour moi, ça ? Pour patienter, avoue que c'est tentant.

De : Bianca
À : Fonelle
Objet : Nuit, tu me fais peur

Ma toute belle : ça ne marche pas comme ça, l'amour. Arrête de te surprotéger. Aimer, c'est être vulnérable. Aimer, c'est ne plus calculer. Il n'y a plus de colonne débit et de colonne crédit. On donne, c'est tout. Il faut accepter de tout perdre, si on veut s'offrir la chance de tout recevoir. Ne pense pas à ce que tu laisses derrière toi, ne pense pas à tout ce à quoi tu renonces, fonce juste dans la magie de ton intégrité, vers le sentiment qui te guide. Sois dans la beauté, et la beauté viendra à toi. Arrête de regarder : vois. Écris-lui. Fais-lui signe. Aime-le. Et, au fait, pourquoi il t'a pas rappelée, ce gros naze ?

De : Fonelle
À : Bianca
Objet : Nuit, tu n'en finis pas

Chais pas.

De : Bianca
À : Fonelle
Objet : Jour et nuit

Y a bien une raison : il t'a rien dit ?

De : Fonelle
À : Bianca
Objet : Nuit

Pas un mot, rien.

De : Bianca
À : Fonelle
Objet : Re : Nuit

Et toi, t'as rien dit ?

De : Fonelle
À : Bianca
Objet : Re : Re : Nuit

Que je l'aimais, juste.

De : Bianca
À : Fonelle
Objet : Service de nuit

Tu cherches les coups, là.

Où Fonelle souffre tellement elle aime

De : Fonelle
À : Bianca
Objet : Pétée de grâce
Tu dors ? J'arrive pas à dormir, chuis trop in love de mon physicien. Je me retourne dans le lit avec l'oreiller dans mes bras en pensant à la moelle de la joue de mon physicien. Je te jure, je deviens dingue. La grâce imméritée de l'amour vrai est en train de tresser des couettes. J'aime cet homme à en courir partout en chantant Royal Canin. Je veux être en lui. Quand je prononce son nom tout bas, un sourire me gicle au visage. Pour te dire.

De : Bianca
À : Fonelle
Objet : La graisse de l'amour
Je dors pas. Reprenons. Je vois bien que tu veux être en lui. Juste, ne serait-ce pas pile le moment de comprendre que, dans la vie, c'est à l'homme d'être dans la femme et pas le contraire. Je te dis juste ça pour l'info. Par ailleurs, pour ce qui est du sourire sur ton

visage au simple énoncé de son nom, admettons que je me range à trouver ça bouleversant, y a quand même un bémol à ta passion : est-ce que c'est pas juste normal de se fendre la pêche quand on sort avec un type qui s'appelle Félicien ?

De : Fonelle
À : Bianca
Objet : Grâce à l'amour

Ah, tu sais qu'il s'appelle Félicien. Qui t'a dit ? Bertil ? Otto ? Domino ? Je te préviens, c'est super-beau comme prénom, Félicien. Ne te moque pas, sac à verrues. Il me touche corps et âme. Quand on se cause tous les deux, je me sens totalement moi-même pour la première fois.

De : Bianca
À : Fonelle
Objet : Point info

Ah bon ? Vous vous parlez ? Je croyais que t'avais aucune nouvelle.

De : Fonelle
À : Bianca
Objet : Re : Point info

Je lui envoie des mails, si tu veux tout savoir.

De : Bianca
À : Fonelle
Objet : Re : Re : Point info

Pourquoi tu l' disais pas tout d' suite que l'histoire était emmanchée ? Forwarde-moi immédiatement les mails de Félicien le physicien ! J' suis verte que tu sois à la case de la grâce imméritée de l'amour vrai, alors que moi, en ce moment, c'est la jachère. Raboule ses mails, vite !

De : Fonelle
À : Bianca
Objet : La grâce de l'amour
Minute, j'ai juste dit que je lui envoyais des mails, j'ai pas précisé s'il me répondait des tirades genre *Les Gens de Mogador* par retour de courrier. Pour le moment, il semblerait que Félicien le physicien soit plutôt encore en retrait par rapport à l'aspect purement pratique de notre liaison. Mais, si c'est pour te payer ma tête au motif que je me la raconte et que je suis trop romantique, je te préviens, je préfère te perdre comme amie plutôt que de renoncer à mon bonheur, même s'il existe pas. Pigé ?

De : Bianca
À : Fonelle
Objet : Grâce à l'amitié
Attends, jamais j'irais me payer la tête d'une amie aux fraises. Mais, quand même, ça te manque pas le côté physique ?

De : Fonelle
À : Bianca
Objet : La grâce de l'amitié
Absolument pas.

De : Bianca
À : Fonelle
Objet : Re : La grâce de l'amitié

Quoi ! Ça te manque pas la salive d'une bouche qui ouvre toutes les portes, ça te manque pas le jouet extraordinaire qui se dresse la nuit comme le clocher d'une église où le désir s'agenouille pour aller prier ? Ça te manque pas une peau contre ta peau, ton bassin basculé contre les reins de Félicien, et la ferme poigne de la grâce imméritée de l'amour vrai venant culbuter tes hanches en t'arrachant des limbes de la fatuité du corps pour t'emmener sur le terreau du plaisir avec la déflagration finale qui laisse pantelante ? Ça te manque pas, purée ? !

De : Fonelle
À : Bianca
Objet : Stop !

Arrête.

De : Bianca
À : Fonelle
Objet : Re : Stop !

Tu te braques ?

De : Fonelle
À : Bianca
Objet : Du cul du cul du cul

Non, mais tu m'excites ! Je sens que je vais appeler Bertil Oppenmeyer pour un tour de grand huit, pile au moment où j'avais enfin l'occasion d'être fidèle.

De : Bianca
À : Fonelle
Objet : Le mot de la fin

Tu peux pas être parfaite.

Où Fonelle doute de l'amour tellement c'est trop énorme

De : Fonelle
À : Bianca
Objet : Moi pas contente

J'interromps un instant le cours de ta soirée pour te conjurer de lâcher immédiatement la lecture de *Plateforme* et de t'occuper de moi ? J'ai le blues. Houellebecq a raison : l'amour peut pas exister entre deux personnes cultivées. Mon physicien m'a rappelée. Mais c'est trop tard. Il avait qu'à pas tant réfléchir pendant trois semaines à combien de chameaux je valais. Maintenant, qu'il aille au diable. Tant pis, même s'il était génial, j'en trouverai un autre. Je préfère encore mettre du Petrol Hahn sur un Michel Houellebecq jusqu'au restant de mes jours plutôt que d'attendre le bon vouloir d'un homme qui se tâte. Ou alors je lui saute dessus, et on n'en parle plus. Mais il me faut une solution radicale, sinon je sens que ça va m'irriter.

De : Bianca
À : Fonelle
Objet : Jamais contente
Attends, permets que je pondère a little. Ton physicien, si on récapitule : tu le rencontres, il a le coup de foudre, mais après le pauvre homme, il te regarde vraiment et il réalise qu'il peut dire adieu aux nuits de huit heures, donc à sa concentration, donc à son boulot, et donc à sa vie, parce que tu sais bien que les hommes, ça vit à mort dans le social. C'est normal qu'il ait peur, surtout de toi, s'il t'a bien perçue. C'est malgré tout un être humain. Il fouette. Et, quand il puise enfin en lui la force de t'appeler, toi, tu te braques. Ça va pas. Te braque pas. Laisse faire la vie. Y a un miracle dans toute rencontre. Vis ton bonheur.

De : Fonelle
À : Bianca
Objet : Pas contente
Que ce soit une surprise d'entendre la voix de ce fantôme, je suis d'accord. Toutefois, de là à en faire le miracle de la multiplication des pains et à se frotter la colonne vertébrale sur le bitume en jappant d'extase, je suis moyen chaude. Mais tu ne me dis pas ce qu'il faut que je fasse. Je lui saute dessus ou je l'envoie bouler ?

De : Bianca
À : Otto
Objet : You are needed
Otto, mon architecte préféré, toi qui es un homme, un vrai, aide-moi. J'ai Fonelle qui est encore sur le

point de perdre des mailles avec son physicien. Il l'a enfin rappelée et elle est pas contente, style « maintenant c'est trop tard ». En plus, elle accepte pas de lâcher prise et de vivre le flux vrai de l'amour véritable. Dis-lui, toi, avec tes mots d'homme, que Rome ne s'est pas construite en un jour. Et arrange-toi pour qu'elle ne sente pas qu'on s'est parlé.

De : Otto
À : Fonelle
Objet : Ton cousin qui t'aime
Rome ne s'est pas construite en un jour. Parle-moi.

De : Fonelle
À : Otto
Objet : Ta cousine qui t'aime
Écoute, bichon, je sais que tu es fou de ton métier, mais, là, on causera architecture un autre jour, si tu le veux bien. J'ai un amour à vivre. Laisse-moi vivre mon bonheur. Laisse faire ma vie. Y a un miracle dans toute rencontre.

De : Fonelle
À : Bianca
Objet : Avis demandé
Alors, qu'est-ce que je fais avec ce satané physicien ?

De : Otto
À : Bianca
Objet : Problème réglé
Ma chère Bianca, sans me vanter, je crois que le problème est réglé. Je ne sais pas si ce sont mes paroles

qui ont porté, mais je viens de laisser notre Fonelle tout amour sur la line, en train de chanter : *Jésus revient* a cappella. Elle est raide amoureuse, je comprends pas pourquoi tu t'affolais. À moins que tout ça n'ait été qu'un simple prétexte pour entendre le son de mes mails. Auquel cas, puisque là je suis un peu moins à la bourre, on peut peut-être dîner ce soir ? Viens en bas de soie, on parlera de toi.

De : Bianca
À : Fonelle
Objet : Philosophie de la vie
Les hommes sont tous les mêmes, toujours là comme de sales animaux turpides à vouloir nous sauter dessus.

De : Fonelle
À : Bianca
Objet : Re : Philosophie de la vie
J'aimerais de ta part un minimum de concentration : j'ai juste dit que ce pauvre chercheur m'avait rappelée, pas qu'il me fonçait dessus avec des cris de bête. Donc, on se calme sur le côté zoo. Parce que, si ça c'est ce que tu appelles aider une amie, je préfère encore causer avec Otto. Au moins, lui, son âme est pure et il ne pense qu'architecture. Merci.

Où Fonelle est désirée par son patron, alors que c'est pas lui qu'elle aime

De : Fonelle
À : Bianca
Objet : Sexy à mort

Ce matin, tout m'irrite. J'ai une réu avec mon patron. Je peux pas l'encadrer, le Gros. Rien que de savoir que je vais me taper un débat avec Bertrand Gaud, ça me donne envie de mourir. Je te dis malgré tout comment je suis habillée sous mon futal et ma peau retournée pour que, au moins, quelqu'un prenne la mesure de l'étendue de mon sex-appeal. J'ai mon soutif vert émeraude avec le volant entre les seins, plus un string mais XL pour pas me fendre en deux plus bas, et je garde le plus beau pour la fin : un porte-jarretelles que rien que le fait de l'enfiler ça m'a fait de l'effet. J'irradie du hot. C'est au point que même le chat voulait jouer avec les lanières. Vu le prix de mon porte-jaja, 100 euros chez Érès, j'ai foutu direct un coup de boule à Pinède. Il est puni. Il est parti réfléchir à sa libido dans sa caisse à litière. Ses oreilles dépassent penaudes au milieu des crottes, mais il faut qu'il comprenne que je ne peux pas contenter tous les mâles.

De : Bianca
À : Fonelle
Objet : Bonne journée
C'est sur quoi, ta réu ? Tu fais quoi à midi ? T'as des nouvelles de ton physicien ?

De : Fonelle
À : Bianca
Objet : Re : Bonne journée
Physicien, rien. De quelle réu tu parles ? C'est absolument dément, ce porte-jarretelles. Chaque fois qu'une lanière me tire, ça me remplit comme si l'index suave de Harvey Keitel venait lisser le duvet de mes cuisses. Pour midi, chuis pas sûre de pouvoir marcher jusqu'au restaurant sans être obligée d'appeler SOS Orgasme. Dès que je fais un pas, j'ai des frissons jusque dans l'œsophage : les boules de geisha, à côté, c'est des Chupa Chups.

De : Bianca
À : Bertrand Gaud
Objet : Perso
Cher Bertrand, ça fait bien longtemps que je ne suis passée vous voir au travail. Fonelle me donne des nouvelles de vous, mais j'espère malgré tout que vous allez bien. Je sais que vous avez une réu ce matin avec mon amie. Je lui prépare une petite blague. Fonelle a mis un porte-jarretelles sous son panta-

lon pour tester son sex-appeal, et ce serait vraiment sympa de votre part de faire comme si, en tant qu'homme, vous aviez reniflé quelque chose, genre « la bête qui est en vous réagit », quoi ! Soyez fou, jouez le jeu !

De : Fonelle
À : Bianca
Objet : Problème

Tu vas pas le croire, mais j'ai le Gros avec les deux pattes de devant posées sur mes cuisses toutes les dix minutes. Lui d'habitude gracieux comme un goret est là en loukoum à me susurrer à quel point il ressent à fond que je suis torride aujourd'hui. On dirait qu'il a capté quelque chose. C'est dingue, non ? Là, il est parti aux toilettes avant la réu, mais sinon je te jure qu'il me regarde avec des yeux de poulpe.

De : Bianca
À : Fonelle
Objet : Bonne journée

Oh ?

De : Fonelle
À : Bianca
Objet : Problème

Le Gros a passé la réu à me faire ce que j'ai d'abord cru être du pied, mais c'était peut-être pas du pied, si tu vois ce que je veux dire… Il m'a en effet semblé voir trembler comme une courbe d'audience au niveau de son pantalon. Je suis très embêtée. J'ai zéro envie d'avoir une promotion canapé avec un type qui ne m'arrive pas à la cheville.

De : Bianca
À : Fonelle
Objet : Bonne journée

Incroyable !

De : Fonelle
À : Bianca
Objet : Problème

Au s'cours ! Le Gros m'a convoquée dans son bureau après la réu. Il m'a étalée comme une descente de lit sur son plan de travail, en bavant dessus toute une glaire de mots, comme quoi ça ne tenait qu'à moi mais qu'en bref il aimerait bien m'augmenter. J'ai pas osé demander de combien, et heureusement. Car, quelques minutes plus tard, j'ai compris que ça se comptait surtout en centimètres. Bref, j'ai essayé jusqu'au bout de conserver la courtoisie de l'employée modèle, j'ai même dit que j'en aimais un autre, mais finalement je n'ai pas pu faire autrement que de lui écraser sa grosse bougie Dyptique sur la nuque. La bougie n'a rien. Ça aurait pu, c'est du verre ! Mais le Gros a dégusté, c'est pour ça que je me mords d'angoisse. Je sais que je t'ennuie avec mes histoires, mais qu'est-ce que je fais, maintenant ?

De : Bianca
À : Fonelle
Objet : Bonne journée

Qu'est-ce que tu fais de quoi ?

De : Fonelle
À : Bianca
Objet : Problème

Ben, du corps.

Où Fonelle boit pour oublier qu'elle est amoureuse

De : Fonelle
À : Bianca
Objet : Tcha tcha tcha !

Toutoune ! T'es là ? Où c'est que t'es ? Tu dors déjà, à 2 heures du mat' ? Ohé ! Ohé ! Y a quek'un qui vient ?

De : Bianca
À : Fonelle
Objet : Fais « Ah ! »

T'as bu.

De : Fonelle
À : Bianca
Objet : Sens çaaaaaaaaaaa !

Moi ? Je vais super, au contraire. J'ai complètement oublié mon physicien. Il compte plus pour rien. Évanoui dans le crottin du néant qu'il est. Je rentre de chez les Op… les Op… ah purée ! les Oppenmeyer. C'est immense de voir ce que ce pauvre Bertil s'est dégoté dans le genre féminin. Une loutre pleine de sébum, nez comme un groin, petits doigts gourds, de vrais raviolis. C'est à gerber du Jabugo. Mais j'appelle pas pour ça. Je me demande si cet abruti de Pinède aurait pas été laper mes cerises à l'eau-de-vie à même le bocal.

De : Bianca
À : Fonelle
Objet : Pauvre chat !
Mais t'es folle ! Il faut pas qu'un félin boive !

De : Fonelle
À : Bianca
Objet : Oh, chat va…
Je te signale comme chat, ça ne se dresse pas comme un pénis de G.O. Il adore les cerises. C'est pas tant l'alcool qu'il recherche, c'est les noyaux. Pour jouer aux boules. Ça fait de chouettes cochonnets quand on joue, Pinède et moi. Il a quand même pas l'air en forme. C'est normal, tu crois, qu'il tourne, qu'il tourne, qu'il tourne… comme ça ?

De : Bianca
À : Fonelle
Objet : Ça ?
C'est pas ton chat qui tourne, c'est toi. Qu'est-ce que t'as encore bu chez les Oppenmeyer ?

De : Fonelle
À : Bianca
Objet : Ça quoi ?
On peut savoir pourquoi mademoiselle demande chat ?

De : Bianca
À : Fonelle
Objet : Ton amie

Deux aspirines et au lit. Et je ne veux plus t'entendre. Si l'amour doit te mettre dans un état pareil, je vais aller lui parler, moi, à ce physicien. Je vais lui accélérer les particules, ça va pas faire un pli.

De : Fonelle
À : Bianca
Objet : Re : Ton amie

T'es caca.

De : Fonelle
À : Bertil Oppenmeyer
Objet : Ta copine aux doigts de chat !

Hé, tu dors ? Tu dors, matador ! T'es au lit avec tes raviolis ! Hi, hi, hi ! J'ai passé un très bon dîner. Je crois vraiment qu'on peut dire que t'as trouvé la perle rare. Disons que si c'était, par le plus grand des hasards, une dragée, faudrait deux bons mois et une très très très grande langue pour arriver ne serait-ce que jusqu'à un noyau dur dans son cerveau. Mais on s'en fout, parce que c'est pas du tout du tout du tout une dragée : c'est une fille aux doigts lourds de ravioliiiiiiiiiis ! Moi, ça va, je veille mon chat qui est un poil éméché, je dirais. Mais c'est peut-être mes yeux qui me piquent. Qu'on m'a dit.

De : Bianca
À : Fonelle
Objet : Ton amie

Et surtout ne contacte pas Bertil dans ton état ! Tu es ivre.

De : Fonelle
À : Bertil Oppenmeyer
Objet : À propos de tout chat

Comte Raviolo, c'est possible que dans mon précédent mail mes propos aient advancé ma pensée et donnent l'impression que ta copine ait une nouille. Ce serait à imputer à un léger très léger état d'ébriété, diag… diastoni… repéré par mon amie Bianca. Dont je fais grand cas.

De : Fonelle
À : Bianca
Objet : Cha va aller

Don't panic for Bertil. J'ai réparé le truc. Tutto sotto contrôle. J'ai hyper arrangé le truc. Sur ce, je vais me coucher, et certainement pas rêver de Félicien le Physicien, non, non, non.

De : Bianca
À : Fonelle
Objet : Re : Cha va aller

Tu ne sais plus où tu habites depuis que tu as rencontré cet homme.

De : Fonelle
À : Bianca
Objet : Re : Re : Cha va aller

Hé dis, toi qui connais chez moi, où qu'est l' lit ?

Où Fonelle croit qu'elle est fidèle à l'homme qu'elle aime

De : Fonelle
À : Bianca
Objet : Sainte attitude

Qui disait que j'étais incapable d'être fidèle ? Je te signale que là je me réveille d'une nuit de toutes les tentations. On a dansé jusqu'à pas d'heure moi et Jo Jericho à la soirée chez Domino. T'es partie trop tôt. Mais tu seras contente de savoir que j'ai à mort été fidèle à mon physicien, alors même que Jo Jericho m'avait mis son caleçon sur la tête et que j'ose même pas dire par où un minimum de champ optique m'avait été ménagé. J'avais pas autant ri depuis la fois où on avait chanté de l'Herbert Léonard sous les volets de Bertil Oppenmeyer, quand il sortait avec la première violon du philharmonique de Berlin. Mais j'ai quand même été sage. Au moment où Jo Jericho a avancé vers moi sa trompette de la renommée (je sais, elle est facile), j'ai repris tout le quant-à-soi de la fille qui mange pas de ce pain-là, alors que ça me brûlait les miches de vérifier le son de son instrument, et où qu'il fallait souffler. Mais j'ai pensé à ce cher Félicien qui est si tendre, et j'ai pas eu le cœur à lui coller un adultère avant le mariage.

De : Bianca
À : Domino/Electra/Otto/Peter/Jamin/Gary/Bérénice/Laurette/Camille/Doroty/Bertil/Pamela/Émeline/Simone
Objet : Sainte attitude

Fonelle a réussi à aller à une fête sans s'envoyer un des participants. Je répète : « Fonelle a réussi à aller à une fête sans s'envoyer un des participants. » Elle se prend pour saint Jacques de Compostelle, au motif qu'elle est restée fidèle à Félicien le Physicien, avec qui elle n'a encore pas fait l'amour, je vous le rappelle. Je fais une collecte pour l'auréole. Qui en est ?

De : Bianca
À : Fonelle
Objet : Amen !

On a des nouvelles de Félicien ?

De : Fonelle
À : Bianca
Objet : Bienveillance sur toi et les tiens

Pas à ma connaissance.

De : Bianca
À : Domino/Electra/Otto/Peter/Jamin/Gary/Bérénice/Laurette/Camille/Doroty/Bertil/Pamela/Émeline/Simone
Objet : Sainte attitude

Pour l'auréole, je pense qu'on peut aller direct sur de l'or serti de diamants. Ça coûtera ce que ça coûtera, mais ça les vaut. J'apprends de la bouche de Fonelle qu'en fait elle n'a aucune nouvelle de son physicien.

Elle est fidèle à RIEN ! Trop fort ! C'est un peu comme si saint François d'Assise avait parlé à la branche, sans rien dessus ! À ce stade, c'est plus de la sainteté, ça frôle le zen !

De : Bianca
À : Fonelle
Objet : Alléluia !
On sait si Félicien nous aime en retour ?

De : Fonelle
À : Bianca
Objet : Re : Alléluia !
Tu n'es pas drôle.

De : Bianca
À : Domino/Electra/Otto/Peter/Jamin/Gary/Bérénice/Laurette/Camille/Doroty/Bertil/Pamela/Émeline/Simone
Objet : Sainte attitude
Bon, je sens qu'une auréole ne va pas suffire. J'ai maintenant l'info comme quoi Fonelle perd tout humour quand on parle de son amour. Je dis que ça vaut une croix de bois et des escarpins blancs. Je veux la voir en aube, notre sœur à tous. Raboulez vos dons.

De : Domino
À : Fonelle
Objet : Charité chrétienne
Ma Fonelle, juste un conseil : arrête de te confier à Bianca. Elle organise une collecte pour t'acheter une auréole, genre au second degré, à cause de ta sainte attitude de l'autre soir avec Jo Jericho. Elle salit ta mémoire. Te laisse pas faire. Ton amie qui t'aime.

De : Fonelle
À : Bianca
Objet : Annonciation

J'y pense : et une collecte pour m'offrir une auréole, ce s'rait pas une idée top ?

De : Bianca
À : Domino/Electra/Otto/Peter/Jamin/Gary/Bérénice/Laurette/Camille/Doroty/Bertil/Pamela/Émeline/Simone
Objet : Sainte attitude

Qui a vendu le morceau ?

De : Jo Jericho
À : Fonelle
Objet : Après l'ondée

Douce Fonelle, j'aimerais récupérer mon caleçon. Faire l'amour avec toi était super. Désolé pour l'incident avec la cinquième capote.

De : Fonelle
À : Jo Jericho
Objet : Re : Après l'ondée

Personne ne doit savoir pour hier soir. J'ai un homme dans ma vie, moi. Si tu veux revoir ton caleçon, promets d'abord la plus grande discrétion. Sinon, je raconte où tu te mets les glaçons. Sans parler du pic à glace. Capté ?

Où Fonelle accepte tout à fait que d'autres vivent l'amour

De : Fonelle
À : Bianca
Objet : La fève du samedi soir

Tu le crois que ma famille est venue tirer les rois chez moi avec une galette soldée, quinze jours après la bonne période ? Je sors d'un cauchemar. Ils le savent, quoi, que je suis trauma sur le fait de tirer un roi. Les fèves, ça me stresse. Dès qu'on l'a, c'est l'usage dans ma famille de courir foutre une couronne sur la tête de notre vétéran, oncle Albert, qui a une peau en grumeaux et une haleine de camembert. Finalement, je sais pas qui avait planqué la fève sous le canapé, mais c'est le chat qui l'a bouffée. Mon pauvre Pinède s'est étranglé. Il est en train de dégobiller, là, mais on a eu chaud. Tu veux pas venir, qu'on le regarde vomir ? J'ai des DVD, aussi. Viens me dire que la vie n'est pas qu'une partie de famillllllllllle ! !

De : Bianca
À : Fonelle
Objet : Re : La fève du samedi soir

Je peux pas venir. Je me fais belle, parce que j'ai rendez-vous.

De : Fonelle
À : Bianca
Objet : Avec quoi ?

Ah. C'est pas grave. Prends du bon temps. T'as le droit toi aussi d'avoir ton Félicien à toi.

De : Fonelle
À : Bianca
Objet : Discrétion personnifiée

T'aimes pas à quel point je te force pas la main pour que tu me dises avec qui qu' tu sors ce soir ? T'as vu le coup que je dis « prends du bon temps », genre que tu sois assurée que je suis contente pour toi, même si tu ne me dis pas exactement tout le temps le pourquoi du comment qui fait que tu vas bientôt croquer dans la fève, grosse veinarde ! Alors, comment tu la trouves la nouvelle Fonelle qui respecte à mort ton intimité ?

De : Bianca
À : Fonelle
Objet : C'est ma vie

Tu es gentille.

De : Fonelle
À : Bianca
Objet : Ton amie chérie

Ah ben, je vais te dire : je suis étonnée d'à quel point

je le vis bien, la question de savoir que t'as rendez-vous et que tu vas te la donner, alors que moi j'ai des miettes de galette à déblayer et mon Pinède qui a la fève coincée quelque part dans son gosier au niveau du collier et qui dégobille absolument de tout sur mon tapis à poils Habitat, sauf la fève. Je prends tout ça comme une simple réalité de l'instant. Je me demande même si je ne serais pas en train de devenir plus zen qu'un Khmer. Et vraiment, non mais vraiment, sincèrement, je te souhaite de passer une très bonne soirée. Comme disait Jospin au lendemain des élections législatives de je sais plus quand : « Je vous souhaite de passer une bonne soirée, où que vous la passiez, et avec quoi que vous la passiez… » Je dis pareil. Pareil.

De : Bianca
À : Fonelle
Objet : C'est ma vie

Tu es gentille.

De : Fonelle
À : Bianca
Objet : Secret-défense

Tu sors, putain ! Avec qui ?

De : Bianca
À : Fonelle
Objet : Défense

Ah, on y vient. Je n'ai aucune envie de te dire avec qui je sors, parce que je voudrais aller à ce dîner l'esprit libre, sans penser tout le temps à toi, pendue au-dessus de ma tête comme une épée d'ironie. La dernière fois que j'ai fait l'amour, j'avais l'impression que t'étais assise sur le pouf à côté de la tête de lit, à me commenter ce que ça donne quand on regarde un homme en chaussettes et nu avec un peu de recul. Et ça m'a déconcentrée au moment fatidique où on était tête-bêche.

De : Fonelle
À : Bianca
Objet : Défense de secret

Tête-bêche ! Ah, ça m'a toujours fait poiler ! Parfois ça tourne, t'as remarqué ! Y en a qui pousse, et c'est parti, c'est la roue de la fortune ! Et rien arrive en même temps. C'est comme les mains sur l'escalator, les marches sont jamais synchrones avec la rampe ! Bon, allez, passe une bonne soirée. Je suis de tout cœur avec toi. T'es pas toute seule !

De : Bianca
À : Fonelle
Objet : Re : Défense de secret

Voilà tout ce que je voulais éviter.

Où Fonelle croit être l'exemple de l'amour, même pour son analyste

De : Fonelle
À : Bianca
Objet : Merci qui ?

Je sors de chez le psy. Une fois de plus, le Guy Adler était captivé par ce que je lui racontais. J'entendais qu'il griffonnait comme un malade tout ce que je disais, alors que j'avais juste rêvé que je m'envoyais Papon avec mon physicien qui regardait. Y a pas de quoi fouetter un chat, quoi ! Et je viens de réaliser un truc : vu la fascination que je suscite chez cet homme — qui ne peut plus se passer de moi, je te le rappelle —, je pourrais peut-être négocier de payer seulement deux séances sur trois. Si on considère le matos à séminaire que je lui fournis, surtout depuis que j'éprouve en plus un sentiment amoureux, ce serait logique qu'il me reverse un pourcentage. T'en penses ?

De : Bianca
À : Fonelle
Objet : Ma réponse

Je n'en pense rien.

De : Fonelle
À : Bianca
Objet : Ma question

Comment ça, t'en penses rien ? Tu sais combien il se fait, mon psy, avec mon génie de la conversation ? Y a déjà toutes les fois où je viens pas, et où il réfléchit à mort à ce qu'il perd. En général, il me fait même payer la séance ratée pour que ça fasse comme si, tellement il est addict. Ensuite, y a toutes les fois où je viens. Je le vois dans ses yeux quand il ouvre la porte, qu'il s'accorde une pause dans le débit morose de ses autres clients. Ça m'arrive de croiser des gens dans l'ascenseur, je te jure que tu verrais leur tronche, tu comprendrais pourquoi Guy Adler tient à moi. Il est plus souvent sur Canal Banal que sur Fonelle TV, je te promets. Je sais pas si c'est des gens qu'il soigne, mais on est chez les malades. Alors, moi, là-dedans, j'arrive : toujours un mot pour rire. Toujours un rebondissement. Toujours des associations d'idées, hop. Le coup que Papon, ça fait penser à papa ; t'en connais beaucoup qu'auraient fait le lien, hein ?

De : Bianca
À : Domino
Objet : Europ Assistance

Je t'en prie, prends le relais avec Fonelle. Moi, je peux plus. Elle est en crise sur le fait que son psy pourrait lui filer une séance gratuite, rapport à tout ce qu'elle lui apporte. Je peux plus, là.

De : Domino
À : Fonelle
Objet : Laisse ton psy tranquille

Laisse ton psy tranquille.

De : Fonelle
À : Domino
Objet : Merci qui ?

Ah, t'as eu Bianca ! Elle est pas démente, mon idée de renégocier les séances ? Tu sais qu'en plus, j'ai réfléchi que, en sus de le distraire, je l'avais fait méchamment évoluer dans ses théories. Quand j'ai connu Guy Adler, il culminait quête du père, avec œdipe roi et basta. Il me recevait en chaussons de gondolier, avec les armoiries de sa famille sur le cou de pied. Alors que moi, j'arrive, et j'ouvre plein de portes. Le coup que j'aime un homme avec qui je ne coucherai peut-être que dans 150 ans, ça le fait méchamment évoluer dans ses théories libido. Déjà, avec moi, il se gondole vraiment. C'est plus du flan comme avant. Il pouffe sans cesse de rire. Il peut pas se retenir. Y a même des fois où il casse sa mine tellement il se marre en notant ce que j'ai dit. Ensuite, je ne lui sors pas des lapsus à deux Freud. Non, moi, j'innove. Un jour, au lieu de lire « en tout cas », je dis « en tout couilles ». Avoue que ça fait évoluer une pensée, ça ! Il peut me dire merci ! Avec le quart de la moitié de mon humour, Lacan aurait trouvé la théorie de la relativité, et ce serait lui le père de la bombe atomique, et on prendrait la psychanalyse sur un autre ton. Donc, le mec, il devrait être à genoux devant moi. Voilà pourquoi une séance gratos, à la limite, c'est encore moi qui lui fais un cadeau.

De : Domino
À : Bianca
Objet : Urgences
Bon, qu'est-ce qu'on fait ?

De : Bianca
À : Guy Adler
Objet : Suivi malade
Monsieur, je me permets de vous contacter concernant mon amie Fonelle. Elle traverse une terrible crise de transfert. Elle nous inonde, moi et une autre amie à moi et à elle (plutôt à moi qu'à elle, mais à elle quand même), de mails à votre sujet. Elle est persuadée de vous avoir tout appris. Et parle même de vous demander de l'argent en échange, plus précisément par le biais d'une séance gratuite par semaine (je sais, c'est idiot). Elle me semble en danger psychologique. Que devons-nous lui dire pour la calmer ?

De : Guy Adler
À : Bianca
Objet : Si j'ai bien suivi
Vous lui dites que je n'irai pas au-delà d'une séance gratuite par mois. C'est mon dernier mot. Du moins, tant qu'elle n'aura pas plus croustillant à me raconter sur son physicien.

Où le vrai amoureux de Fonelle, c'est son chat

De : Fonelle
À : Bianca
Objet : Chat méchant

Problème chat. J'étais partie passer quelques jours chez mon cousin Otto. Eh bien, figure-toi que les voisins avaient deux mots à me dire, à mon retour. Il semblerait que cet abruti de Pinède ait hurlé à la mort du crépuscule à l'aurore, durant tout le temps soutenable de mon absence. Rien ne calmait mon chartreux, pas même le fait que les voisins aient gentiment glissé du jambon sous la porte avec le courrier tous les jours. En plus, infichu de mâcher la couenne. Bonjour l'instinct de chasseur. C'est tout sale, chez moi. J'ai mes rappels de contredanses pleins de gras, et le parquet de l'entrée ressemble maintenant au cuir chevelu d'un type pas net. Je ne sais plus quoi faire de ce chat, je te jure ! Je suis coincée avec cette bestiole. Il me demande trop. J'en peux plus de lui gratter la glotte pendant des heures sans qu'il me gratte rien en échange. Combien de fois Pinède m'a grattée sous le menton, hein ? Jamais ! Même des coups de crâne, il ne veut plus m'en donner. Y en a que pour lui. Gratte-moi ci, gratte-moi ça… et tout de suite après il me tourne le dos, deux ronrons, et il ronfle ! En plus, je fais tout, dans cette maison. Je passe ma vie à clarifier sa litière. Je ne suis pas sa bonne.

De : Bianca
À : Fonelle
Objet : Tu es bête

Ça peut pas te faire de mal de t'occuper un peu de quelqu'un. Si déjà le chat te gêne, je veux même pas imaginer ce que ça donnera quand ce sera un homme. Si tu veux accueillir ton physicien dans ta vie, tu as du chemin à faire.

De : Fonelle
À : Bianca
Objet : Re : Tu es bête

C'est ça, vas-y, fais-moi passer pour un monstre d'égoïsme. Te gêne pas. Tu te crois peut-être la reine de l'exemplarité de l'intime ? Toi, t'es au point que t'es même pas foutue d'avoir une bête. Même une peluche, tu lui parles pas. La dernière fois que tu as eu une compagnie plus de deux jours, c'était des mites, et on a vu à quel Baygon se chauffait ton hospitalité. Donc tu me lâches sur le côté génie du relationnel, OK ?

De : Bianca
À : Fonelle
Objet : Amie des bêtes

Et mon canari ? J'en m'en suis super bien occupée de mon canari.

De : Fonelle
À : Bianca
Objet : Re : Amie des bêtes

Qué canari ? T'as jamais eu de canari, atterris.

De : Bianca
À : Fonelle
Objet : J'aime les bêtes

Ça aurait pu.

De : Fonelle
À : Bianca
Objet : Re : J'aime les bêtes

On causera de tes délires mythomaniaques plus tard, si tu veux bien. Je suis sur mon chat, là. Bon, ça va mieux, il est gentil. En fait, il a bien voulu me donner un coup de crâne. Je l'aime, tu sais. Et puis, il n'a que moi. Je me sens archi-responsable, parce qu'il n'a pas choisi cette vie. Tu le verrais, là, il patichonne sur la chemise de nuit, avec ses griffounettes trop mignonnes. Il est gentil comme tout. Moi aussi, un jour, j'ai été dépendante des autres, et si les autres ne m'avaient pas donné tout leur amour j'aurais de graves lésions aujourd'hui, et c'est même pas sûr que je serais qui je suis. Voilà pourquoi je me dois d'être à l'écoute de mon Pinède, qu'est trognon, troninou, trirouliroula. C'est qu'un mouflet, après tout.

De : Bianca
À : Fonelle
Objet : Question bête

Rassure-moi, c'est quand même pas ton chat que tu appelles mouflet ?

De : Fonelle
À : Bianca
Objet : Re : Question bête

J'ai dit « mouflet » ?

De : Bianca
À : Fonelle
Objet : Re : Re : Question bête

T'as dit « mouflet ».

De : Fonelle
À : Bianca
Objet : Réponse intelligente

Bon, OK, j'ai lapsussé, ça arrive.

De : Bianca
À : Fonelle
Objet : Question intelligente

T'as parlé à ton psy de tout ça ?

De : Fonelle
À : Bianca
Objet : Réponse intelligente

T'avais pas à t'occuper de ton canari, toi ?

Où l'amour a peur de Fonelle

De : Fonelle
À : Bianca
Objet : Un souci ?

Si tu pouvais mettre un instant ton ciboulot en route, ça m'aiderait. Je viens de passer la soirée avec mon physicien. Soirée éloquente, si tu veux mon avis. On a dîné chez les La Londe et tout se présentait au poil, jusqu'à ce qu'on soit dans le taxi. Il me tenait contre lui mais, à aucun moment, je n'ai senti from his body le côté levier sans lequel je vois pas très bien comment le truc peut se faire. Il a beau être un cador des lois physiques, niveau ambiance psychologique, disons que bébé cador dormait. J'ai fait évidemment comme si tout ça n'était que trop normal. Lui a fait pareil. Il m'a même monté (c'est une image) tout un bobard comme quoi il préférait qu'on fasse connaissance avant d'être amis. Toutefois, très affable, il a même évoqué sa femme, qui m'a l'air d'être un éteignoir à côté duquel un extincteur de pompiers est une machine à bulles. Il m'a même avoué qu'il ne faisait plus du tout l'amour avec elle et a ajouté que ça ne lui manquait pas, vu que le rêve de moi avait remplacé les passions du corps. J'ai trouvé tout ça un peu mélancolique, mais très bon signe. Sauf que, donc, au moment fatal de venir voir chez moi, il a prétexté un lumbago pour remettre au lendemain ce qu'on ne fera pas, de toute manière, puisque aujourd'hui j'ai no news. Ça me paraît louche. T'en penses ?

De : Bianca
À : Fonelle
Objet : Pas de souci !

Il n'a peut-être tout simplement pas envie de toi.

De : Fonelle
À : Otto
Objet : Un souci !

Sors du sommeil ! Il faut qu'on fasse un point right now sur mon physicien. C'est toi que je contacte, parce que Bianca n'est pas d'une grande aide sur le souci de today. Je lui livre de la psychologie pure, et elle, elle reste terre à terre comme un pied de table. Toi qu'es mon cousin, aide-moi. T'as vu comment le Félicien me reluquait à la soirée chez les La Londe ? Y a eu un rapprochement de folie, t'es d'accord ? J'ai bu trois fois dans son verre, ça devrait le faire, t'es d'accord ? Eh bien, le crois-tu que, dans le taxi, j'ai même pas réussi à lui tripoter quoi que ce soit, à part son nœud de cravate ? Et encore, il mettait un point d'honneur à ce que je ne serre pas trop fort. Il était tout crispé, avec rien de la détente nécessaire pour jouir du plaisir. Pourtant, je jurerais qu'il a dit qu'il fallait qu'on garde le contact. Je suis à fond d'accord pour être romantique, mais, s'il faut maintenant tresser le blé à même le champ pour s'envoyer un simple physicien, je comprends plus. Toi qu'es aussi un homme, comment t'expliques ?

De : Otto
À : Fonelle
Objet : Un souci ?
Pourquoi tu serrais son nœud de cravate ?

De : Fonelle
À : Otto
Objet : Re : Un souci ?
Ouais, t'as raison, c'est idiot. De toute manière, même en serrant à fond, je ne suis pas certaine que j'aurais obtenu une réaction, vu à quel point il ne voulait pas être dans le truc.

De : Otto
À : Fonelle
Objet : Souci de l'autre ! ! !
On n'étrangle pas les hommes pour les faire réagir. Il faut te le dire dans quelle langue ? Je t'ai déjà expliqué comment laisser les choses venir. Tu souris mignonnement, zéro ironie, tu bouges pas, zéro hystérie, tu ne parles pas de ton loft, zéro suprématie, et tu te contentes d'incarner l'éternel féminin, genre l'homme est ton seigneur, et ensuite tu attends que ça te tombe dessus en prenant un air vaguement, je dis bien « vaguement », consentant. En quoi ce protocole pourtant simple, et je croyais qu'on avait fait le tour,

a quelque chose à voir avec les techniques de strangulation, je te le demande ? Tu es folle, voilà la vérité. Laisse-le tranquille. S'il n'a pas envie de toi, il n'a pas envie de toi, et c'est tout.

De : Fonelle
À : Otto
Objet : Passage du sans-souci
Le jour où un homme n'aura pas envie de moi, les poules auront des dents.

De : Otto
À : Fonelle
Objet : Ton souci ?
Le jour où tu comprendras comment un homme fonctionne, elles auront même des caries. Bonne journée.

De : Fonelle
À : Otto
Objet : Porte de sortie
Il est peut-être impuissant ?

De : Otto
À : Fonelle
Objet : Ton souci ?
Évolue, je t'en conjure.

Où Fonelle a d'autres chats à fouetter que l'amour

De : Fonelle
À : Bianca
Objet : Un accident idiot

Doigts dans plâtre suite à chute impossible taper touches. Parle plutôt, toi.

De : Bianca
À : Fonelle
Objet : Un accident ?

Aïe ! Et moi qui croyais que pas de nouvelles = bonnes nouvelles ! J'allais me coucher rassurée sur ton cas, intégrant que t'étais moins dans la demande et capable de passer une journée sans me sonner. J'étais persuadée que tu filais le parfait amour avec ton physicien. Mais j'étais loin d'imaginer que t'avais perdu l'usage de la parole, dis donc ! Les doigts, en plus, c'est capital ! Tu veux que je vienne ? T'as besoin de quelque chose ? Tu veux pas que je t'apporte une soupe miso ? C'est bon, le bouillon. Il faut boire beaucoup pour hydrater les doigts, parce que le plâtre ça pompe à fond l'humidité. Qu'est-ce qui s'est passé ?

De : Fonelle
À : Bianca
Objet : Un accident

Badaboum.

De : Bianca
À : Domino
Objet : Au sujet accident

Dis donc, toi qu'as suivi Fonelle tout le week-end, t'es au courant d'un accident qui serait survenu ? Parce que je suis un peu inquiète. J'essaie de la faire causer, mais elle a les doigts plâtrés et le cerveau pas près d'exploser les limites du QI, vu que pour penser et écrire un mot on dirait que ça lui coûte un pull Rykiel. Rien de grave, j'espère.

De : Domino
À : Bianca
Objet : Témoin de l'accident

Je suis au courant. J'étais avec elle quand ça s'est produit. C'était horrible. Les talons de ses Marc Jacobs se sont pris dans son pantalon large Zara, et elle s'est démantelée d'un coup dans l'escalier de l'UGC Odéon. T'aurais vu ça ! On a passé le dimanche après-midi aux urgences de Necker. On avait Fonelle qui beuglait dans le couloir comme si elle auditionnait pour Star Academy. Mais, comme elle souffrait des doigts, ça pouvait encore passer pour de la douleur. Elle faisait pitié, je te jure. J'ai cru que notre Fonelle n'écrirait plus jamais de mails tellement elle tenait ses mains loin devant elle, comme si elle voulait plus en entendre parler. Voilà, tu sais tout.

De : Fonelle
À : Bianca
Objet : Mon accident

T'es où ? Douloureux écrire : crayon dans bouche et appuyer touches avec. Chaque geste, effort. Parle plutôt, toi.

De : Bianca
À : Fonelle
Objet : Ton accident

Je sais pas trop quoi te dire, biquette. Il paraît que tes Marc Jacobs sont mortes ?

De : Fonelle
À : Bianca
Objet : Sinistre

Me parle pas de ça ! J'en croque mon plâtre depuis tout à l'heure rien que de penser que je peux faire une croix sur les grolles du siècle que je voulais mettre avec mon physicien. Le tranchant de l'escalier a scié le talon droit, et tout le côté mordoré avec le nœud vert est foiré. En plus, attends, c'est pas fini ! Mon Burberry a râpé contre le crépi du mur et ressemble maintenant à une langue de siamois. Alors que c'était la tenue idéale, t'es d'accord, pour mettre avec mon physicien. Moi, j'ai rien compris à ce qui se passait. Tout à coup, j'ai vu ma tête partir dans le mur. J'ai cru que la dernière heure avait sonné pour mes lunettes Chloé. Heureusement que j'ai pensé à les abriter dans les mains, parce que sinon c'est mon visage encore si jeune qu'on retrouvait imprimé dans le crépi genre « coucou on a frappé les nouveaux euros » ! Tu la vois, la tête de mon physicien, si j'arrive zébrée au rendez-vous de l'amour vrai ? Bon, y a au moins un point positif : mes lunettes sont saines et sauves, sauf qu'une des pépites de strass s'est décollée. Peux-tu d'ailleurs appeler le gérant de la salle et lui demander qu'on ouvre les sacs d'aspirateur pour voir dedans où qu'est ma pépite ? Dis que c'est un vrai diamant, au pire. Et aussi, pendant que j'y pense : comme j'en suis déjà à 1 200 euros de pertes vestimentaires, qu'est-ce que tu penses d'organiser, toi, une petite charity-collecte au nom de mon choc, pour que je puisse me racheter les frusques perdues ? Si, en plus, je fais fonctionner l'assurance, je peux me faire une méga marge. Bon, là je te laisse parce qu'il faut que j'aille me gratter sous le plâtre et je me souviens plus ou j'ai fourré mes baguettes chinoises. Mais je peux me faire dans les 3 000 euros facile, à mon avis.

De : Domino
À : Bianca
Objet : Une idée dingue
Elle a pas de bol, la Fonelle. Son physicien qui lui échappe des mains, et en plus elle se casse la gueule. La pauvre, non ?

De : Bianca
À : Domino
Objet : Re : Une idée dingue
Pauvre ? Je sais pas, en même temps.

Où Fonelle donne une mauvaise image d'elle-même à son amoureux

De : Fonelle
À : Bianca
Objet : État gore

Problème c' soir. J' peux pas aller à la soirée Motown à la Coupole. Adieu possibilité de corps à corps avec qui que ce soit, j'ai une migraine invalidante, un œil complètement fermé, et même du Nutella j'arrive pas à en manger. Je klaxonne à mort du beignet, en plus ; ah ça j'ai une haleine vraiment strange, je te jure. En plus, j'arrête pas de courir aux bidules. Un truc que j'ai pas digéré, j'imagine. Ou le mélange d'alcool. Donc, t'embrasses tout le monde de ma part, et moi je sens que je vais me mettre au lit sans me laver. Je serai forte. Garde-moi un gars.

De : Félicien
À : Fonelle
Objet : Re : État gore

Chère Fonelle, je crois avoir reçu par erreur un mail de vous qui ne m'était pas destiné. Ça n'a pas l'air d'être la grande forme si j'en crois votre courrier, que je n'ai pu éviter de lire.

De : Fonelle
À : Bianca
Objet : Argh !

Raboule ! J'agonise de la mouise ! ! ! Je viens de faire un horrible lapsus mailus avec mon physicien ! Je lui ai envoyé par erreur un mail qui t'était destiné et où je narrais tous les détails de ma crise de foie ! C'est la fin du monde ! Il aura plus jamais envie de moi !

De : Fonelle
À : Félicien
Objet : Trop d'humour

Ha ! ha ! ha ! Je vois que vous êtes tombé dans le piège ! C'était pur humour de ma part de vous envoyer ce mail. J'avais parié avec ma copine Bianca que j'étais cap' d'envoyer ce texte gore sur ma personne à la personne qui compte le plus pour moi. C'est vous, mon chéri ! Je sais que ce sont des jeux idiots, mais, que voulez-vous, il faut bien que jeunesse se passe, et mon amie n'a pas toujours le sens du raffinement. Cela m'aura au moins permis d'avoir de vos nouvelles. Comme quoi, à toute chose malheur est bon.

De : Félicien
À : Fonelle
Objet : Fond de vérité

De l'humour ? Quel dommage ! Ce mail vous rendait si abordable à mes yeux.

De : Fonelle
À : Félicien
Objet : Re : Fond de vérité

Oh ?

De : Félicien
À : Fonelle
Objet : La vérité

Eh oui, on a tous une vie de corps. C'est naturel. C'est si rare, d'oser l'intimité. J'ai moi-même quelques problèmes digestifs en ce moment et j'ai l'impression que je transforme tout en citron, puisque nous nous disons tout. Et des gargouillis, vous en avez ?

De : Fonelle
À : Félicien
Objet : Re : La vérité

Des fois.

De : Félicien
À : Fonelle
Objet : Toi !

Épousez-moi.

De : Bianca
À : Fonelle
Objet : Chuis là

J'étais dans mon bain. Je me fais pipi dessus rien que d'imaginer Félicien le Physicien plongé dans tes réalités. Pour une fille qui s'épile au sucre même les minipoils du coude, c'est quand même une leçon d'humilité que tu vis là. Je sais que tu es folle de lui, mais tu en trouveras un autre.

De : Fonelle
À : Bianca
Objet : Re : Chuis là

Ta gueule à la récré. Il veut m'épouser, je te signale.

De : Félicien
À : Fonelle
Objet : Soyons sérieux !

On a bien rigolé ! Je sens que j'ai des leçons d'humour à prendre auprès de vous, mais avouez que le coup de la fausse demande en mariage, c'était vraiment amusant, non !

Où Fonelle se venge en haut d'une montagne

De : Fonelle
À : Bianca
Objet : Que la montagne est super !

On est arrivés ! Otto est gelé ! Domino aussi ! Mais pas moi ! Y a encore de la neige ! Ciel bleu marine, comme disent les crétins des cartes postales. Le gérant de l'auberge de l'Aiguillon nous a tout de suite adoptés. Il accepte qu'on se connecte sur sa prise de téléphone avec nos ordis. Il est gentil. Deux dents et une haleine de gnôle. Il vit seul ici à 1 900 m d'altitude, en haut de tout, le pauvre. On croirait un indigène, or figure-toi qu'il avait un restaurant à Londres, avant. C'est pas du tout un plouc. Mais ça marchait pas, il a dû vendre. Là, je te laisse, l'hélico nous emmène louer des skis.

De : Domino
À : Bianca
Objet : Arrived !

On est arrived ! Proprio adorable. Son truc est divinement exposé, en plein soleil. Avant, il avait un truc à l'ombre, mais ça marchait pas, il a vendu. Fonelle est mer calme, vu qu'elle n'a rien à se mettre sous la dent, à part le proprio, qui n'en a que deux ! En plus, elle fait un bonhomme de neige qu'elle appelle Félicien ! Elle lui plante des fourchettes à fondue dans l'abdomen. Je sais pas ce qu'il lui a fait (ou pas fait !), mais il le paie cher.

De : Fonelle
À : Bianca
Objet : Un vol d'hirondelles

A y est on a skié ! On peut rejoindre les pistes depuis l'auberge, en coupant dans la poudreuse avec juste le cou qui dépasse. Moi, je préfère y aller en scooter des neiges, ça va vite et c'est super bucolique de voir des centaines d'oiseaux s'envoler sur ton passage. Pour remonter, idem. Soit Deux-Dents vient nous chercher à scooter, soit on rentre en chenille avec la dameuse. Je skie maintenant avec un jeu de bassin que j'imaginais jamais faire dans ce sens-là. Top, non ?

De : Otto
À : Bianca
Objet : Un homme et l'espace

Comment ça va, en bas ? Ici, c'est la foire d'empoigne ! C'est à celui qui sera le premier à aller mettre son raccord ordi dans la prise tél du gérant, et on fait la queue pire qu'aux bidules. Fonelle était triste (Félicien ?), mais l'apparition de Franck le Mono lui a fait du bien. Hier, elle feulait en chasse-neige, mouillant ses lèvres non-stop, avec des jeux de bassin improbables, surtout pour quelqu'un qui prétendait vouloir rester sur ses skis. Y a quand même un espoir, elle s'est pris un pouce dans les crochets de ses grolles, donc elle vient pas skier aujourd'hui. Sinon, tout baigne. Le niveau du mono est moyen. Les filles ne voient rien, elles le trouvent d'une pédagogie de folie. Je vois pas en quoi un type qui te cale entre ses cuisses peut mériter le titre de maître à penser, mais bon.

De : Fonelle
À : Bianca
Objet : Top
Ciel bleu marine. Je suis en pleine forme ! ! !

De : Domino
À : Bianca
Objet : Mystère des cimes
Écoute, ça se passe pas si mal. On a juste la surprise que Franck, notre sublime mono, n'est pas venu à notre cours ce matin. Sans la moindre explication. C'est Otto qui a dû nous enseigner l'art de la flexion-extension, ce qui te donne une idée des progrès qu'on n'est pas près de faire. Il croit que tourner c'est aller au bout de la piste et repartir en sens inverse en rechopant un bout de pente. Où est passé le divin mono ? C'est ça, l'intrigo du jour. Même le chauffeur de l'hélico savait pas quoi penser.

De : Fonelle
À : Bianca
Objet : Progrès vraiment en tout
Oublie pas de me demander à mon retour ce que j'en-

tends au juste par les expressions « planter le bâton » et « exo du matador ». Je m'éclate ! Tu le savais que les montagnards ont des abdos fessiers sérieux, car ils montent tout à peau de phoque ?

De : Otto
À : Bianca
Objet : Mauvaise pente

Tu sais quoi : on en est à se demander si Fonelle n'aurait pas prétexté un faux panaris pour s'envoyer discret Franck le Mono dans le refuge en notre absence. 1) Il n'était pas au cours ce matin (c'est moi, ton Otto, qui ai assuré l'enseignement). 2) À notre retour, Fonelle avait sa tête échevelée de quand elle a fait le poirier, si tu vois ce que je veux dire. Y avait le mono assis au coin du feu, le nez dans un vin chaud, l'œil lourd. Deux-Dents considérait ça du fond du bar. Il a fait griller la fondue tellement il semblait réfléchir, ce qui n'a pourtant vraiment pas l'air d'être son trip (de réfléchir). 3) Elle pleure depuis une heure devant Félicien, son bonhomme de neige.

De : Fonelle
À : Bianca
Objet : Forfait Trois-Vallées

Bilan de la journée : Deux-Dents, c'est fait. Et, demain, soyons fous : j'attaque l'ascension du mono.

De : Bianca
À : Fonelle
Objet : Re : Forfait Trois-Vallées

Et Félicien ?

De : Fonelle
À : Bianca
Objet : Re : Re : Forfait Trois-Vallées

Il a fondu.

Où Fonelle retrouve l'homme qu'elle aime

De : Fonelle
À : Bianca
Objet : L'éternel retour

Je suis rentrée du ski, ça t'intéresse ?

De : Bianca
À : Fonelle
Objet : Re : L'éternel retour

Non.

De : Fonelle
À : Félicien
Objet : Éternel amour

Je suis revenue, mon chéri. Je vous en veux plus de ne pas être à moi. Y avait plus trop de neige, mais c'est toujours blanc quand on aime, hein ? Ah, je rentre de plus en plus consciente de mon amour pour vous. En fonçant entre les sapins, gonflée d'oxygène, la vérité m'a sauté à la moufle : on n'est rien sans amour. Je vous aime. Franck le moniteur de ski, Ronald le chasseur alpin, Maurice le guide de haute montagne, Alex le conducteur de la dameuse, et même Deux-

Dents notre hôte, c'était que poires pour la soif. Mais c'est vous que j'aime. Je vous aime. Amour.

De : Félicien
À : Fonelle
Objet : Un simple mortel
Que vous dites.

De : Fonelle
À : Félicien
Objet : Mortelle
Félicien, vous partez en gorgonzola ou quoi ? Puisque je vous dis que je pense à vous à tous les virages, pour ne pas dire à tous les dérapages ! Je fais route vers vous, purée ! Qu'est-ce qu'il vous faut de plus ? Un minibus ? Depuis que je vous connais, je ne peux plus entendre une chanson de Jean Ferrat sans lécher le disque comme si qu' c'était ma propre histoire ! *Que serais-je sans toi ?*, *Aimer à perdre la raison*, *Heureux celui qui meurt d'aimer*, et même *Potemkine*, ça m'aragone. Alors, quoi, merde !

De : Félicien
À : Fonelle
Objet : Un pauvre homme
Dès que vous aurez ce que vous voudrez, c'est vous qui me quitterez.

De : Fonelle
À : Félicien
Objet : Femme
Minute, me colle pas ta fuite sur le dos. Si tu te mets

pas un peu un rien dans la pente, tes skis ne risquent pas d'avancer. Pourquoi tu restes crispé sur tes carres ? Viens avec moi et prenons de l'aval. Je t'aime !

De : Félicien
À : Fonelle
Objet : Mon cas
Et pourquoi vous m'offrez jamais des fleurs ?

De : Fonelle
À : Félicien
Objet : Ton cas
Mon amour, tu le sais, n'est-ce pas, que, normalement, c'est toi qui devrais te donner un mal de gnou pour obtenir le droit de lacer ne serait-ce qu'un lacet de mon corset ? Que tu devrais être là dans ma cour à me jacasser des haïkus, en équilibre sur une échelle, avec une culotte bouffante et des pompes de page, et dans l'oubli complet de toi-même et de ton ridicule, au lieu que ce soit moi le verbe non-stop et toi juste le complément d'objet direct… Tu le sais que c'est l'homme qui, NORMALEMENT, se tape la corvée d'envoyer des fleurs et de baragouiner un mot qui se tienne sur le petit bristol ? Tu as conscience que tu dépasses les bornes, là, et que j'ai à mort de la patience de continuer à te proposer le mariage ? Je trouve que, dans le genre « je prouve mon amour », je me pose là. La fille qui s'égosille à faire le troubadour devrait quand même réussir à te rassurer, non ? Tu crois pas ?

De : Bianca
À : Fonelle
Objet : Re : Re : L'éternel retour
Bon, d'accord, OK, fais péter les news.

De : Fonelle
À : Bianca
Objet : Re : Re : Re : L'éternel retour
Tu tombes bien. Toi qui t'es avalé tout Simone de Beauvoir, ça t'évoque quoi, niveau relation humaine genre socio, un type qui voudrait sans cesse se mettre en position féminine avec demande de réassurance constante, sensibilité hyperrégressive, doute sur l'amour qu'on lui porte, refus de donner son corps et tout le bazar même s'il en meurt d'envie ?

De : Bianca
À : Fonelle
Objet : Simone
Si c'est quelqu'un qui ne te connaît pas, je dirais qu'on a affaire à une lopette. Maintenant si c'est quelqu'un qui te connaît, et si c'est par rapport à toi que se manifeste cette peur, je pencherais plutôt pour un être d'une rare et intelligente prudence. Pourquoi ?

De : Fonelle
À : Bianca
Objet : Sartre
Oublie ma question.

Où Fonelle a malgré tout
du mal à vivre une relation platonique
avec l'homme qu'elle aime

De : Fonelle
À : Bianca
Objet : La croustille

Tu te prépares pour sortir ? Moi, je me réveille de ma sieste. J'ai rêvé de mon physicien, c'était space. Aide-moi à revenir chez les vivants, parce que, là, c'est atroce d'avoir eu le corps de Félicien si près du mien, mes seins contre son bassin, et de me réveiller avec rien. À un moment, j'ai senti que Félicien miaulait, miaulait, miaulait, se frottant contre ma peau, et ça commençait à me filer sérieux la croustille, quand soudain, j'ai ouvert les yeux. C'était pas Félicien qui miaulait, c'était Pinède, furieux. Il battait de la queue sur le couvre-lit, genre « c'est pas l'heure de dormir, nettoie ma caisse et ouvre une boîte ». Je me sens seule comme cheveu sur un chauve. Y a rien à la télé, en plus. Je sens que je vais encore aller me coucher et qu'une terrible tension va encore m'étreindre. Help !

De : Bianca
À : Fonelle
Objet : Chuis là

Ah bon ? Tu vas pas à la soirée dans le nouvel atelier d'Otto ?

De : Fonelle
À : Bianca
Objet : La croustille

Je peux pas sortir. J' suis excitée.

De : Bianca
À : Fonelle
Objet : Chuis là

Ké ?

De : Fonelle
À : Bianca
Objet : La croustille

J'ai la croustille.

De : Bianca
À : Fonelle
Objet : Chuis là

Justement, sors ! Aère ton corps ! C'est pas très sain de rester chez soi, surtout quand on est excitée. Il faut que tu te défoules. On va danser. T'adores danser ! Y aura peut-être un gentil gars pour toi, qu'est-ce t'en sais ? Tu vas pas passer ta vie à attendre un physicien infichu de te trouver, non ? Prends conscience, quoi ! Même un sourd le verrait que son totem est tabou. Largue ! C'en est plein, des Félicien ! Bon, ils auront peut-être pas tous le même prénom festif, mais reconnais que c'est pas une perte. Et en plus, si tu t'amuses et s'il sent que tu te barres, il va rappliquer dare-dare. T'es trop à sa disposition, niveau émotion. Viens, allez ! Fais-toi belle. Tu mets ta jupe la plus mini, et même tu te dessines un minicoquard au coin de l'œil à l'eye-liner, pour faire la fille vraiment open à tous les sports, et je te garantis que les affaires vont reprendre.

De : Fonelle
À : Bianca
Objet : La croustille
Mouais, allez, raboule l'adresse. Tu crois qu'y aura Bertil Oppenmeyer ? Parce que je me disais qu'en croustille de secours…

De : Bianca
À : Fonelle
Objet : Chuis là
Pour l'adresse, demande à Otto. Moi, je l'ai pas. Mais je crois que c'est assez simple : il faut tourner à Meudon, bien s'enfoncer dans le bois et, quand tu vois un immeuble avec des balcons roses, prendre en oblique jusqu'à l'agence Century, et après tu verras des voitures.

De : Fonelle
À : Otto
Objet : Je viens
Raboule ta nouvelle adresse, vu que je viens. Mais je te préviens, j'ai la croustille.

De : Otto
À : Fonelle
Objet : Apporte du rioja
C'est pas facile à trouver : il faut entrer dans Meudon, sans passer par le bois, et prendre vers Ville-d'Avray. J'ai peur que tu te perdes. Pourquoi tu viens pas avec Bianca et Bertil ? Ils savent où, eux.

De : Fonelle
À : Bianca
Objet : La croustille
Putritude ! Pourquoi tu m'as pas dit que t'y allais avec Bertil Oppenmeyer ? Te gêne pas, surtout, squatte peinarde ma croustille de secours ! Non, vraiment, c'est très élégant de ta part. Imagine que ce soit toi qui aies un totem en tabou et que je te fasse un coup de cet ordre-là, est-ce que tu te dirais pas que j'ai l'altruisme d'un lepéniste ?

De : Bianca
À : Fonelle
Objet : Bianca Oppenmeyer te parle
T'as pas le monopole de la croustille.

De : Fonelle
À : Bianca
Objet : La croustille
Puisque c'est comme ça, je viens.

Où la lecture de Jung
confirme à Fonelle que, sans amour,
on crève comme un chien sans reins

De : Fonelle
À : Bianca
Objet : Forever Jung

Attends, il m'arrive un truc incroyable : je suis en plein dans la lecture de Carl Gustav Jung, le célèbre disciple de Freud. Il faut absolument que tu t'astreignes à lire ça, ça dévoile des trucs capitaux sur la psychanalyse et même sur la vie. Je suis toute retournée que ce type, pourtant pas du tout de ma génération, et donc n'ayant jamais pu subir mon influence, pense absolument comme moi des choses qui, crois-moi, font pipi très loin. C'est trop bien, et, même si ça se lit tout doucement, ça fulgure. Je lis Jung comme un escargot, mais je jouis, je te jure, je bave de la mousse.

De : Bianca
À : Fonelle
Objet : Dans le détail

Et il dit quoi, au juste, l'aïeul ?

De : Fonelle
À : Bianca
Objet : Re : Dans le détail

Attends, c'est complètement dément que ce grand sage ait à ce point compris mes géographies intimes. Il avait même prévu que la femme serait libre un jour. Il me décrit dans *L'Âme et la Vie*.

De : Bianca
À : Fonelle
Objet : Entrons dans le détail

Mouais.

De : Fonelle
À : Bianca
Objet : Re : Entrons dans le détail

Lis-le, bordel ! Je peux pas te résumer la pensée d'un maître. Mais bon, pour te la jouer « Michel Drucker rend tout abordable », disons que son message, c'est que l'amour c'est ce qu'il y a de plus important dans la vie. Sans amour, on crève, voire on n'est rien du tout. C'est pas dément quand on pense à mon physicien ?

De : Bianca
À : Fonelle
Objet : Vue générale

Et, à part délivrer le même message que Richard Cocciante, il dit quoi d'autre, forever Jung ?

De : Fonelle
À : Bianca
Objet : Re : Vue générale

C'est fou que tu sois comme ça à ce point fermée à

toute idée de transcendance des êtres. Si tu aimais comme moi un simple humain, un simple physicien, tu saurais que l'amour est mouvement, liberté, et chant. Et, du même coup, tout Jung s'ouvrirait à toi comme une baie vitrée, et tu pourrais même peut-être le lire en allemand tellement tu t'ouvrirais vraiment. Cet homme parle à ma pureté, tu peux pas comprendre.

De : Bianca
À : Fonelle
Objet : Prenons du recul
Relativisons les notions de « simple humain » afférentes à ton physicien. Il est bac plus 20, un de ses ancêtres était Galilée, et son modeste meublé donne sur le jardin du Luxembourg. Tu n'as pas choisi non plus un pompiste, sois lucide. Quant à ta pureté, je ne suis pas sûre que les draps s'en souviennent.

De : Fonelle
À : Bianca
Objet : Re : Prenons du recul
J' suis pure à mort, narines de porc !

De : Bertil Oppenmeyer
À : Fonelle
Objet : La fête à ton corps
Coucou, c'est ton Bertil ! Je suis célibataire ce soir, disons de 21 h 30 à 23 h 30. Viens, on se retrouve au Formule 1 du périph', avec juste ta croupe et mes gifles ! Ça fait longtemps, non, qu'on n'a pas creusé la question, ou alors je confonds ? Réponds, que j' m'organise.

De : Bianca
À : Fonelle
Objet : Forever Jung

C'est vrai, en fait, je suis injuste. Toi, mon amie, je ne suis même pas capable de croire en toi quand de belles pulsions te soulèvent. Je voulais juste te dire qu'en vrai je suis tellement heureuse que la pureté te visite. Je t'aime très fort, ma Fonelle.

De : Fonelle
À : Bianca
Objet : Re : Forever Jung

Léger changement de programme. J'ai rendez-vous, je sors.

De : Bianca
À : Fonelle
Objet : Re : Re : Forever Jung

Te culpabilise pas. Voir Félicien, que tu aimes tant, c'est encore être dans l'amour jungien.

De : Fonelle
À : Bianca
Objet : Re : Re : Re : Forever Jung

On en est où avec Bertil Oppenmeyer ? Capotes or not ?

Où Fonelle a le cou coincé, alors qu'elle a rendez-vous avec l'amour

De : Fonelle
À : Bianca
Objet : Le coup du lapin

Ris pas : j'ai le cou coincé alors que j'ai enfin rendez-vous ce soir avec Félicien le Physicien. Ça fait un an que je rêve de monter à son horloge, et, quand enfin je suis sur le point de voir l'heure, toc, ma pendule se détraque. J'ai le cou de biais, avec un cancer du nerf du côté droit, et même l'ostéopathe m'a dit qu'il n'était pas rebouteux, malgré les 100 euros d'honoraires qu'il m'a demandés en petites coupures. Il me déconseille toute activité sexuelle. Même un truc cordial avec l'oreiller sous la tête, il dit que ça peut me tuer. Quant au trip je descends en rappel vers le cobra enjoué, c'est même pas la peine d'y penser. Je ne dois pas me pencher du tout. Sur rien. Couillon, non ?

De : Bianca
À : Fonelle
Objet : Re : Le coup du lapin

Attends, appelle tout de suite Félicien et dis simplement ce qui t'arrive. Ça va le faire fondre que tu aies un truc de coincé.

De : Fonelle
À : Bianca
Objet : Fondre ?
T'es sûre de ton coup sur la question qu'il va bien le prendre que je sois complètement coincée ?

De : Bianca
À : Fonelle
Objet : Fondre
Sois toi-même.

De : Fonelle
À : Félicien
Objet : Le coup du lapin
Mon chéri, j'ai un truc à vous dire tout de go en étant moi-même : on ne peut pas se voir ce soir pour la simple raison que, j'osais pas vous le dire, mais je suis coincée. Me désirez-vous encore un tout petit peu malgré tout, même si je vous supplie à genoux qu'on remette ça à plus tard ?

De : Félicien
À : Fonelle
Objet : Re : Le coup du lapin
Coincée ! Mais c'est magnifique ! Moi aussi, je suis coincé ! On est tous coincés ! J'avais même un peu des courbatures depuis ce matin à l'idée que ce soit tous les contenus de nos textos qui allaient devenir réalité. Voyons-nous quand même, maintenant que

nous voilà tous les deux rassurés. On n'a qu'à commencer par des préliminaires (ceux dont vous m'avez si souvent parlé et avec lesquels vous m'avez pour ainsi dire… alléché) ! Hé ! hé ! ! ça nous décoincera. Personne ne nous oblige à faire l'amour tout de suite !

De : Fonelle
À : Félicien
Objet : Re : Re : Le coup du lapin
Mon chéri adoré, ma fumée d'âme, vous savez que, réellement, si je pouvais je sucerais vos pieds tellement je vous aime, mais j'ai ce souci, je vous le rappelle, qu'étant coincée, physiquement coincée, je vois pas comme je pourrais assurer ma part de préliminaires, SURTOUT CEUX DONT J'AI PARLÉ DANS MES TEXTOS. Relisez vos archives, et déduisez vous-même que, coincée, c'est compromis de se vriller aux piliers de la sagesse. Là, pour faire pipi, je me déshabille aux ciseaux. Donc, soignez vos courbatures, et moi les miennes, et voyons-nous quand tout ça sera décoincé.

De : Félicien
À : Fonelle
Objet : Malentendu possible
Je voudrais juste éclaircir un point : qu'entendez-vous au juste par « coincée » ?

De : Fonelle
À : Félicien
Objet : Re : Malentendu possible
Et vous ?

De : Félicien
À : Fonelle
Objet : Re : Re : Malentendu possible

Vous d'abord.

De : Fonelle
À : Félicien
Objet : Re : Re : Re : Malentendu possible

Non, vous d'abord.

De : Félicien
À : Fonelle
Objet : Mon courage à deux mains

Je vous réponds volontiers : par « coincé », j'entends le fait délirant peut-être à vos yeux que j'ai peur de passer à l'acte, de ne pas être à la hauteur de votre désir. J'ai d'abord cru que vous étiez dans le même cas que moi, dévorée de romantisme, intimidée, innocente, fondante, mais, tout à coup, je me demande si vous n'auriez pas juste, trivialement, un vrai truc coincé. Qu'en est-il ?

De : Fonelle
À : Félicien
Objet : Re : Mon courage à deux mains

Moi aussi, moi aussi, c'est pur romantisme, of course.

De : Félicien
À : Fonelle
Objet : Hourra !

Ah ! Je suis rassuré ! Le temps de m'habiller et je passe vous prendre. Et à nous les tourniquets, la brouette, et la tête dans le mur ! Vous faites de moi un homme !

Où personne ne comprend le romantisme de Fonelle

De : Fonelle
À : Bianca
Objet : Romantissime

Purée, c'est dément ce qui m'arrive ! Je sors des bras de mon physicien ! De Félicien ! Oui, tu lis bien ! Dix mois de siège à recevoir de l'huile bouillante sur les seins chaque fois que je tentais une approche, à quasi frôler l'extrême-onction, et, enfin, ça y est ! On a passé quatre heures ensemble ! C'est dément ! C'est dément ! Je vais écrire au pape pour lui dire de pas perdre courage, lui aussi il verra peut-être le loup un jour avec le dieu de son choix.

De : Bianca
À : Fonelle
Objet : Respect

C'est vrai qu'on n'y croyait plus. Moi, à la limite, je pensais que vous ne feriez jamais l'amour. Même un dîner, j'arrivais pas à l'imaginer. Bravo.

De : Fonelle
À : Bianca
Objet : Romantissime

Qué, faire l'amour ? Tu sais lire ? J'ai écrit : « romantissime ». Pourquoi qu' tu viens mélanger des trucs sexuels dans ma soirée hyperpoétique d'hier ? Pour une fois que je vis un moment d'extase lyrique, je veux pas qu'on le mélange à du vulgaire stupre. On est juste restés serrés dans les bras l'un de l'autre, dans mon lit, avec des pétales de pivoines, à se chatouiller la nuque. J'ai même caressé son dos, je te jure, il a une peau d'agneau. Je l'aime, je l'aime, je l'aime. Et, en plus, il a en rien les yeux bleus comme je croyais. Ils sont verts, au contraire. Comme quoi, l'intimité, ça change vraiment tout.

De : Bianca
À : Otto
Objet : Drôlissime

Tu le crois que Fonelle a fichu son physicien dans son lit, et qu'ils en sont restés aux frictions platoniques ! Fonelle ! Du platonique ! C'est bien la première fois qu'elle se lape pas toute l'écuelle. Elle est restée en bordure du truc pendant plus de quatre heures. Je te jure. Il ne s'est rien passé à part qu'elle lui a gratté le dos. C'est pas du pur *Star Trek* ça ? Appelle-la, tu vas te marrer.

De : Otto
À : Fonelle
Objet : Congratulations

J'apprends que tu as enfin couché ton physicien dans le sens de la longueur. Enfin… pas tout à fait ! ! !

De : Fonelle
À : Bianca
Objet : Romantissime
Ah, prends un haut-parleur tant que tu y es ! C'est quoi ce coup qu'Otto est déjà au courant de ma nuit, alors que j'ai même pas encore fini d'en rêver ?

De : Bianca
À : Fonelle
Objet : Discrétissime
J'ai rien dit, ch' te jure. C'est lui qui avait déduit tout seul qu'avec tout le chemin que tu avais fait dans ta tête c'était donc pure logique que tu sois devenue un « poème d'Eluard à toi toute seule ». Ce sont ses propres mots.

De : Fonelle
À : Otto
Objet : Ta gueulissime
Tu sais c' qui t' dit, le poème d'Eluard ? Je suis pure à mort en vrai de vrai. Ravale ton ironie.

De : Otto
À : Fonelle
Objet : Re : Ta gueulissime
Hein ?

De : Bianca
À : Otto
Objet : Urgent
Dis-lui qu'elle est un poème d'Eluard, je t'en supplie, il y va de notre amitié à tous. Fais comme si elle était pure, ou sinon elle nous tue.

De : Otto
À : Fonelle
Objet : Romantissime
Où ai-je la tête ? ! Oui, tu es un poème d'Eluard ! Moi, je suis de la bouse à partouze à côté de ton intégrité. La preuve : je me suis encore commandé une vidéo X sur le web. Je la télécharge depuis dix minutes. Je ne suis qu'un porc.

De : Fonelle
À : Otto
Objet : Re : Romantissime
C'est laquelle, la vidéo que t'as commandée ?

De : Otto
À : Fonelle
Objet : Re : Re : Romantissime
Y a de la cuisse au pays d'Ulysse, why ?

De : Fonelle
À : Otto
Objet : Re : Re : Re : Romantissime
Fais péter le fichier vers mon ordi. Y a rien à la télé. Mais pas un mot à Bianca, hein.

Où Fonelle se fait belle, malheureusement pas pour son amoureux

De : Fonelle
À : Bianca
Objet : Une bonne coupe

J' viens d'avoir ton mail. En effet, c'est insolite que t'aies croisé mon physicien sur le toboggan de l'Aqua-boulevard. Mais je peux pas trop te causer, sorry : Bertil Oppenmeyer vient dîner ce soir, et je me suis embarquée dans des travaux esthétiques de grande envergure. J'ai surtout besoin de concentration pour la coupe que je veux me faire, sinon si je me concentre pas, j'ai les ciseaux qui tremblent. Tu comprends qu'il faut que les deux côtés soient pareils. Il était gentil, mon physicien ?

De : Bianca
À : Fonelle
Objet : De bons ciseaux

Gentil, oui. Mais on dirait quand même que ton Félicien a deux-trois mouflets, non ? En tout cas, il était pas tout seul sur le toboggan. Quant à ta coupe, fais pas comme l'autre fois, tu t'étais massacrée à vouloir absolument dégager les côtés. Cette fois-ci, commence par la frange.

De : Fonelle
À : Bianca
Objet : Un bon conseil
Et tu la situerais où, toi, la frange ?

De : Bianca
À : Fonelle
Objet : Le bons sens
Hein ? Je te conseille d'arrêter le Bailey's si tu veux qu'il te reste un embryon de discours cohérent pour quand il te faudra faire semblant d'être passionnée par les anecdotes plombantes de Bertil Oppenmeyer. Mets-toi à jeun, c'est un conseil. La frange, ça a toujours été sur les yeux.

De : Fonelle
À : Bianca
Objet : Rien n'a de sens
Purée, j'y comprends rien. Je suis devant le miroir grossissant. Mais où donc qu' tu vois des yeux ? Des joues, ouais, mais des yeux, où tu vois ça ? J'en reviens pas que je trouve pas ? T'es spéciale, hein, il faut quand même être un peu goudou pour voir des yeux dans ce bordel.

De : Bianca
À : Fonelle
Objet : Un bon moment (avant de comprendre)
Tu te la fais où, exactement, cette coupe de cheveux ?

De : Fonelle
À : Bianca
Objet : On rêve !

Quels cheveux ? T'es dingue, je vais pas me couper les cheveux toute seule avec des ciseaux à moustache ! Non, moi, chuis là en train de légèrement me dégrader la boîte noire avant un vol qu'on espère avec pas mal de turbulences. Et je fais même tout comme t'as dit, je te signale, d'abord le milieu. Les côtés, je les attaque après. Tu m'as pas bien dit : mon physicien, il était gentil ?

De : Bianca
À : Fonelle
Objet : Re : On rêve !

Tes poils pubiens ! Gentil ? Oui. Mais comme j' te dis, ton physicien se traînait des marmots jusque dans les vestiaires. Je pense que cet homme a une réelle vie de famille.

De : Fonelle
À : Bianca
Objet : Une bonne amie

C'est pas parce qu'un grand physicien savonne des marmots à l'Aquaboulevard qu'il est forcément papa. Peut-être il combattait quelque chose ?

De : Bianca
À : Fonelle
Objet : Un bon raisonnement

Hein ? Quoi ? Combattait quoi ?

De : Fonelle
À : Bianca
Objet : Un bon argument

Je sais pas : le stress ? Tu crois que, maintenant, je peux commencer à taillader les côtés ? Parce que, là, j'ai des favoris : on dirait Vidocq.

De : Bianca
À : Fonelle
Objet : Une bonne leçon

Écoute, tu te démerdes.

De : Fonelle
À : Bianca
Objet : Help !

Ouah ! Y a Bertil Oppenmeyer qui sonne et j'ai même pas égalisé ! Qu'est-ce que je fais ?

De : Bianca
À : Fonelle
Objet : Une bonne soirée (que je te souhaite)

Je sais pas : des tresses ?

Où Fonelle va prier à Rome pour que son amoureux soit enfin un foudre de virilité

De : Fonelle
À : Bianca
Objet : Vacances romaines

Arrived à Rome. T'as eu tort de ne pas rabouler avec moi, parce que, ici, c'est caniculi canicula, soleil de plomb, je sors en culotte et même les Mephisto me tiennent chaud. Notre ami Guido est d'une humeur de rêve. De plus en plus tantouze, on n'a pas pu éviter le pantalon framboise, mais sinon adorable et serviable. Il est amoureux en ce moment d'un sublime Loredano, qu'il contemple avec des yeux de mulet mystique. Notre ami est enfin romantique. Sauf la nuit où ça glapit sec dans la chambre à côté. Ils couinent comme des Björk, et à des heures vraiment insolites. Tempo à Paris ?

De : Bianca
À : Fonelle
Objet : Ambiance française

À Paris, ça flotte. Je le crois pas, grosse vache, que tu sors en culotte, alors que moi j'ai la gouttière qui déborde et qu'il fait – 12 ! Et le coup du Guido adorable, alors que d'habitude y a quand même que son petit côlon qui l'intéresse, j'en reviens pas. À la limite, c'est louche. Fais gaffe à ce qu'il n'ait pas fait croire à son Loredano que t'étais un transsexuel notoire, et qu'ils te sautent pas dessus dans la nuit ! Mets le loquet.

De : Fonelle
À : Bianca
Objet : Histoire romaine
Oublie l'ancien Guido, l'amour l'a métamorphosé. Il n'est plus du tout sordide de l'aine comme on l'a connu. Il aime Loredano. Tu le verrais lui tartiner la bruschetta, toi aussi tu serais convaincue.

De : Bianca
À : Fonelle
Objet : Salades romaines
Permets que je doute.

De : Fonelle
À : Bianca
Objet : Rome chargée d'histoire
Un exemple : Guido m'a emmenée hier soir en scooter voir le temple de ma déesse préférée. Il a attendu sous le soleil avec mon casque à la main pendant les deux heures qu'a duré ma visite. Et, quand je suis redescendue du temple de la Fortune virile, même s'il suait du sébum au milieu d'un car entier de personnes âgées, il n'a pas formulé un seul mot de plainte. Rien. Qu'est-ce t'en dis ?

De : Bianca
À : Fonelle
Objet : Un petit coup de rhum

J'en dis : qu'est-ce que tu fiches deux heures au temple de la Fortune virile ?

De : Fonelle
À : Bianca
Objet : Philosophie romaine

J'ai prié en effet pour que la bonne fortune aille faire un tour du côté de la virilité de mon physicien, avec qui j'ai toujours pas vu le loup, comme tu le sais. Mais la maudite déesse ne voulait rien entendre. Elle avait l'air de me renvoyer vers Lourdes, alors que j'avais fait tout le voyage depuis Paris pour lui jeter des pièces dans le prépuce magique. Mais Guido, lui : un ange.

De : Bianca
À : Guido
Objet : Vacances romaines

Hello, le Guido ! Comment ça se passe avec notre Fonelle ? Pas trop chiante ?

De : Guido
À : Bianca
Objet : Rome, ville ouverte

Coucou ! Fonelle est effectivement surchiantissime, comment t'as deviné ? Elle veut rien payer et divise tout par trois comme si c'était encore des lires. Ensuite, je la trimbale dans tout Rome avec mon scooter, alors que j'ai autre chose à faire, vu que mon épilation électrique me prend un temps fou en ce moment. Elle lit la nuit, et Loredano (t'es au courant que j'aime un nouveau petit ami ?) et moi on est obligés de faire l'amour quasi en silence, sinon cette démente applaudit ! Bref, on se la cogne. Mais bon, Loredano et moi on veut absolument un enfant cette année et, comme on a absolument besoin d'un ovule, on est gentils avec Fonelle. À moins que tu nous dises, là, tout de suite, que toi tu veux bien nous filer un œuf, auquel cas on plante Fonelle au temple de la Fortune virile, où elle se rend tous les jours pour des raisons inexplicables.

De : Bianca
À : Fonelle
Objet : Rome danger
Attention, j'ai eu Guido : il est sympa avec toi uniquement parce qu'il veut que tu lui files un ovule.

De : Guido
À : Bianca
Objet : Rome sous les bombes
T'as dit quelque chose à Fonelle ? Parce que là, je rentre à l'instant, et c'est plein d'œufs écrasés sur les murs ; plus mon lit tagué, je l'espère au Nutella.

Où Fonelle est recontactée par un ancien amant

De : Fonelle
À : Bianca
Objet : Langue vivante

Chuis recontacted by mon vieux boy-friend allemand Kaspar Berling, qui s'est mis au français en souvenir de moi, dis donc ! En fouillant dans ma mémoire, il me semble bien que c'était un dieu vivant, avec un corps propre et doux comme une algue. Donc, voilà pourquoi tu me trouves là super-excitée. Même si j'ai pas mémoire d'être grimpée aux rideaux, je suis quand même étonnée par son suivi. Il m'écrit tout un fatras poétique digne de Prévert, et me dit qu'il caresse l'espoir de voir mon « Gesicht ». Qu'est-ce que ça veut dire « Gesicht » ?

De : Bianca
À : Fonelle
Objet : Ma langue au chat

Chais pas. Comment qu'on pourrait savoir ?

De : Fonelle
À : Otto/Domino/Félicien
Objet : Allô, dico !

Est-ce que l'un de vous sait ce que veut dire le mot *Gesicht*, en allemand ?

De : Otto
À : Fonelle
Objet : Re : Allô, dico !

Levrette. Pourquoi ?

De : Domino
À : Fonelle
Objet : Re : Allô, dico !

« Levrette ».

De : Fonelle
À : Bianca
Objet : Méthode Assimil

Ouch là ! Ça gesticule dur du côté de mon Deutsche Gramophon et je sens que vais bientôt retâter du saphir. Tu verrais ce qu'il m'a écrit à la lueur de la traduction, tu serais sans voix. Je me demande si je l'avais jugé à sa juste valeur, celui-là. Imagine que ce gars que je prenais pour un benêt genre *Télérama* allemand, culminant aux acrobaties de Pina Bausch, veut maintenant me voir en levrette. Otto et Domino, contactés séparément, sont d'accord sur le sens du mot « Gesicht », ça veut dire « levrette », et personnellement je suis déjà en toupie volante dans mon plumard rien qu'à m'imaginer le truc. Je me souviens maintenant très bien que ce type était une sublimité aryenne avec des grands doigts comme Michel-Ange et ce petit air sain qui faisait penser qu'il était né dans un edelweiss. Je me souviens très bien que ses cheveux, c'était du crin, tagada, tagada ! Ah ! Je sens que les affaires reprennent !

De : Fonelle
À : Kaspar Berling
Objet : Langue vivante

Coucou, grand guerrier… devine dans quelle position je tape les touches de mon ordinateur ? Ah, tout ça c'est grâce à ton audace, fou que tu es, et je suis dans un état proche de la Prusse, et j'attendrai le temps qu'il faudra à genoux sans jamais me plaindre du mal aux genoux, et, même si j'ai un peu mal, ça m'apprendra ! Si tu veux, on place un miroir devant mon lit. Si tu veux, on n'en met pas. Mais déjà je sens tout qui ballotte, et pas que chez moi, rhâââââ… ta levrette est là, et même ton lévrier, si tu veux ! Viens ! Prends le Thalys ! Chuis là ! Même de dos tu me reconnaîtras !

De : Kaspar Berling
À : Fonelle
Objet : Kaput

Mon cher Fonelle, Ja avoue être trouvé suspect et très étonné devant ton mail. Ja cherche dans dictionnaire le sens exacté du mot « levrette », parce que Ja sens que ça important ce mot pour toi. En attendant, j'embrasse toujours ton beau Gesicht.

De : Félicien
À : Fonelle
Objet : Traduction

« Gesicht » en allemand signifie « visage ». Pourquoi il me demande ça, mon cœur ailé ?

Où Fonelle rompt avec son amoureux, dans une ambiance dramatique

De : Fonelle
À : Bianca
Objet : Mort d'homme

On a rompu, avec mon physicien. J'aimerais quelques paroles de soutien et please aucune réflexion, rapport sinon je finis la bouteille et même je bois le cageot, donc mollo.

De : Bianca
À : Fonelle
Objet : Re : Mort d'homme

Qué rompu ? Y avait rien entre vous, de toute manière.

De : Fonelle
À : Bianca
Objet : Vas-y, frappe une femme à terre

Rompu avec l'idée qu'il m'aimait, espèce de porcelet.

De : Bianca
À : Fonelle
Objet : Y a pas mort d'homme

Attends, reprends-toi, parle calmement. Et bois pas

trop, tu vas te perforer. Je ne veux pas, moi, ton amie, que tu nous fasses maintenant un trip *Dame aux camélias*, sous prétexte que cet homme a eu le cran de te dire en face qu'il n'était pas un homme pour toi, ce qui est certainement le cas, parce qu'on sait toi et moi que, un homme pour toi, c'est quelqu'un qui est là, qui se marre de tout ce que tu dis, qui te borde quand tu tousses, et qui va au-delà de la Fonelle de surface pour quérir l'oisillon que même moi, si je ne t'avais pas vu dégobiller tout ton saké le jour où je t'ai dit que tu étais quelqu'un de tendre et d'aimable, j'aurais du mal à voir.

De : Fonelle
À : Bianca
Objet : C'est mort
Il dit que je le trompais.

De : Bianca
À : Fonelle
Objet : C'est la vie
Ça, c'est pas non plus faux, biche.

De : Fonelle
À : Bianca
Objet : Je mords !
Je le trompais pas : je patientais. Comment tu fais, toi, avec un gus qui refuse son corps, alors que je signale que tous les hommes sont censés ne penser qu'à ça. Je trouve limite amoral que cet homme ne veuille pas qu'on monte ensemble dans la carriole enchantée. Me faire ça à moi, toute de purs sentiments ! Il faut

vraiment être gratiné, je te jure ! Non, je préfère encore qu'on ait rompu.

De : Bianca
À : Fonelle
Objet : La vie continue

Tu sais, il te reste tes amis. Si ce type est assez fou pour te laisser passer, c'est vraiment que, là où il est perché, même les oiseaux font pas leur nid. Normalement, il aurait dû te proposer le mariage.

De : Fonelle
À : Bianca
Objet : À mort le mariage !

Mariage ? Tu me vois le cul plein de tulle ? Plutôt crever qu'aller jurer fidélité, je te l'ai déjà dit cent fois. Surtout à un maire avec la ceinture de biais et donc le pantalon j'ose même pas imaginer comment. Mais n'empêche que, mon Félicien, j'aurais tant voulu lui être fidèle, ah j'aimais tant ses petits pieds qui m'ont quittée, quittée, quittée… Où qu'est l'ouvre-bouteilles ?

De : Bianca
À : Fonelle
Objet : Le roi est mort, vive le roi !

Tu vas t'en sortir. Bois pas. Chuis là.

De : Félicien
À : Fonelle
Objet : Redonnez-vous la vie !

Mon cœur, je ne dors plus depuis que vous m'avez

quitté. Je sais que je ne suis certainement pas un homme pour vous, mais je vous aime de tout mon cœur, et, même si j'ai du mal à l'ouvrir, tout est à l'intérieur. Ça fait comme une serre. Un effet de serre, même. Y a une condensation qui me fait dire que notre amour ne peut pas s'arrêter là. Ne me quittez plus, revenez !

De : Fonelle
À : Bianca
Objet : Rectification
Rectification : j'ai pleuré à côté de la plaque. Je te forwarde le mail que je viens de recevoir de Félicien. Il semblerait que ce soit moi qui l'ai quitté, dis donc. Je m'avale tout de suite un bidet de Perrier, et je cours tout de suite le voir pour dissiper ce terrible misunderstanding.

Où Fonelle pense que l'art va les réunir, elle et son amoureux

De : Fonelle
À : Bianca
Objet : Le monde de l'art

Des infos sur Caillebotte, t'en as ? C'est un peintre mort, mais après je sais plus. Tout ça parce que mon physicien me demande quelle expo j'aimerais aller voir ce week-end, et je vois qu'il y a une rétrospective Caillebotte à Zurich. Je pense que, si je coince ce satané Félicien avec son salairc de chercheur dans un pays à monnaie forte, on va pas quitter l'hôtel et je passerai enfin à la casserole : eh, on n'aura que ça à faire de gratuit !

De : Bianca
À : Fonelle
Objet : L'art du piège

Elle est géniale, ton idée. Je suis allée sur le site Caillebotte et y a plein d'infos. Vas-y !

De : Fonelle
À : Félicien
Objet : Mon amour (de l'art)

Mon cœur, il y a une rétrospective Caillebotte à

Zurich, pourquoi on n'irait pas là-bas ? J'adore Caillebotte depuis toute môme, je sais pas d'où ça me vient. Peut-être le fait qu'il soit né le 19 août 1848 et mort quarante ans plus tard, alors que Monet, son aîné de huit ans, n'avait pas encore peint les *Nymphéas* qui vont poser sa célébrité.

De : Félicien
À : Fonelle
Objet : Connaissance de l'art
Si vous aimez Caillebotte, pourquoi s'embêter à aller jusque dans un pays où on n'aura rien à faire, une fois le musée visité. Il y a quantité de Caillebotte au Louvre. Allons au Louvre, je vous invite au Café Marly et après roule tonnerre !

De : Fonelle
À : Félicien
Objet : Reconnaissance de l'art
Y a pas de Caillebotte au Louvre, vous confondez avec Carpaccio. Je veux pas aller au Louvre s'il n'y a pas de Caillebotte. Je veux aller à Zurich, où il y a des Caillebotte. Je veux mes Caillebotte à moi !

De : Félicien
À : Fonelle
Objet : Leçon d'art
Ma beauté, pourquoi vous énerver comme ça ? Vous, si douce, si gracieuse, ma petite Fonelle en ouate, que se passe-t-il ? Si je vous dis qu'il y a des Caillebotte au Louvre, c'est que c'est de notoriété publique, ça fait même partie de l'histoire de notre patrimoine.

À sa mort, Gustave Caillebotte a fait don de toute sa collection de tableaux (il était très riche) au musée du Louvre, nous offrant des chefs-d'œuvre.

De : Fonelle
À : Félicien
Objet : L'art

Ouais, ben c'est pas ce que dit le site. Le site relate plutôt qu'à sa mort Caillebotte a refilé sa collec' au Louvre, mais que, justement, y avait le blème qu'on n'avait mis aucun tableau de lui dedans. Donc le Louvre, les Caillebotte, il peut bien s'enfoncer la pyramide dans la glotte, il en trouvera jamais la queue d'un. Ce qu'on voit au Louvre, c'est la collection Caillebotte, gros malin. Je vous propose en conséquence qu'on aille à Zurich dans un franc climat de bonne humeur, comme je suis toujours, pour voir des Caillebotte.

De : Félicien
À : Fonelle
Objet : Art de vivre

Vous me semblez bien excitée.

De : Fonelle
À : Félicien
Objet : Re : Art de vivre

Mais dis donc, c'est qu'il tomberait pile sur la bonne explication, le dieu des particules ! Raboule ta fraise qu'on aille à Zurich et qu'on en finisse.

De : Félicien
À : Fonelle
Objet : De l'art, sans doute
J'ai peine à vous reconnaître quand vous vous emportez de cette façon. Qu'on en finisse avec quoi ? Parce que, si c'est pour faire tout le musée en dix minutes, c'est même pas la peine de faire le trajet. Pour peu qu'il pleuve, c'est un coup à rester au lit toute la journée, et, j'ai beau avoir des trucs à lire, vous risquez de vous ennuyer, vivante comme je vous vois.

De : Bianca
À : Fonelle
Objet : Art press
Écoute, je suis retournée sur le site, c'est vraiment magnifique les toiles de ce grand maître. Tu vas te régaler à Zurich.

De : Fonelle
À : Bianca
Objet : Re : Art press
Et si on y allait toutes les deux ?

Où Fonelle veut se dépouiller avant de vivre l'amour total

De : Fonelle
À : Bianca
Objet : Dépouillons-nous !

Je sais pas si c'est parce que je suis dans l'amour avec mon physicien, mais t'as vu les vitrines, en ce moment ? Je suis dégoûtée par le délire de conso dans lequel la société veut nous mettre. Je sais pas, toi, mais moi, je me dis que, si je peux vivre l'été avec des salades de feta et un débardeur, c'est que c'est possible de le faire tout le temps. J'ai décidé de virer le bordel de ma garde-robe et de garder seulement le minimum, genre : « Je ne suis plus esclave de rien à part de l'amour. » T'en penses ?

De : Bianca
À : Fonelle
Objet : Dépouille-toi !

Je pense que tu as raison, si tu le sens comme ça.

De : Fonelle
À : Bianca
Objet : Dépouillons-nous ensemble !
Tu virerais pas, toi aussi, des trucs de ton placard ? Qu'on soit deux, genre un club ?

De : Bianca
À : Fonelle
Objet : Re : Dépouillons-nous ensemble !
Écoute, pourquoi pas ? Tu virerais quoi, toi, au juste ?

De : Fonelle
À : Bianca
Objet : Comment je me dépouille
Je garde deux jeans, l'APC taille basse, et le rose poudré, trois combinettes, deux cardigans en cachemire (les petits à boutons) et mes camarguaises. Tout le reste, je le vire.

De : Bianca
À : Fonelle
Objet : Tes affaires
Quoi ? Tu gardes que ça ? Mais t'es folle ! En tout cas, si tu vires ton pantalon Vanessa Bruno en cuir, je le veux ! Pense à me le garder !

De : Fonelle
À : Bianca
Objet : Exemple dépouillement
Le Vanessa Bruno en cuir est parti ce matin dans un sac avec tout ce que je donne aux Enfants contents d'Arménie, donc, je suis désolée, mais tu l'as raté.

De : Bianca
À : Fonelle
Objet : Affaires urgentes !

Quoi ? Mais quel enfant d'Arménie va avoir envie de mettre un pantalon qui est tellement taille basse qu'il faut marcher assise si on veut pas qu'il tombe ? Tu réfléchis à rien, ou quoi ? Ça fait des mois que je te dis que ce pantalon est le pantalon de mes rêves et, toi, tu le mandates au bout du monde. Si Aznavour l'essaie dans l'avion, il va penser que tu te fous de sa gueule ! Ça, c'est vraiment ce qu'on appelle faire une saloperie à tout le monde. Et même à Félicien qui avait dit, tu te souviens, qu'il t'aimait bien en cow-boy.

De : Fonelle
À : Église arménienne
Objet : « Charité bien ordonnée »

Père Garrotnick, c'est moi, Fonelle, la fille de Sevan et de Garbet, les cousins de Tchémen et de Vahé Ohanian. Je me permets de prendre contact avec vous, d'abord pour vous féliciter pour votre belle église dans laquelle ça sent toujours très bon. Ensuite, pour vous demander une aide au sujet d'un problème, je l'espère solutionné dans un instant. J'ai en effet envoyé à votre Église un grand sac de vêtements destiné à Enfants contents d'Arménie. Dans ce sac, bon nombre de pulls, dont certains en cachemire donc très chauds, pour nos cousins éloignés. Mais, par mégarde, j'y ai glissé un pantalon de cuir, de la marque Vanessa Bruno. Je réalise à l'instant que ce pantalon ne peut en aucun cas convenir à un enfant content d'Arménie parce que les jambes sont beaucoup trop longues et que ce serait idiot de faire un ourlet parce que c'est la coupe qui est comme ça et donc ça tuerait toute la ligne. En conséquence, puis-je vous demander, à l'occasion, si vous tombez sur ce pantalon dans votre tri, de me le laisser dispo à la chapelle, où je passerai, disons, tous les soirs.

De : Église arménienne
À : Fonelle
Objet : Re : « Charité bien ordonnée »
Chère Fonelle, j'ai en effet retrouvé votre pantalon. Ici, quelqu'un l'a essayé, et je vous jure qu'il a sa raison d'être dans votre envoi. Donc, soyez tout à fait rassurée. En revanche, je mets à dispo pour vous à la sacristie les quelque cent vingt slips que vous comptiez faire porter à nos cousins éloignés. Je ne peux les accepter : ils sont tellement usés que toute la partie postérieure n'est plus qu'un fil. Merci toutefois pour le pantalon.

Où Fonelle perçoit enfin comment prendre l'homme qu'elle aime

De : Fonelle
À : Bianca
Objet : Faible femme

T'es assise ? Hourra qu'après quasi deux ans à pagayer sur la tranche je viens enfin de trouver la bonne façon de prendre mon physicien ! C'est tout à mon honneur d'avoir démêlé toute seule comment donner complètement à cet homme sa place d'homme, voire en me transformant tout bêtement en faible femme. Je me suis mise en dessous de lui, et ça a marché ! Ça a marché ! Je sens que je vais enfin passer au ventilateur ! Après deux ans ! Dis que t'es fière de moi !

De : Félicien
À : Fonelle
Objet : Je suis là

Donc, je continue : c'est normal que vous ne sachiez pas changer une ampoule, mon amour. Faites ce que je vous dis. Vous coupez le contact (interrupteur). Vous prenez un tabouret ; attention de ne pas tomber. Ensuite, avec un chiffon, au cas où elle serait chaude, vous dévissez l'ampoule. Ensuite, vous présentez au même endroit une ampoule neuve dans la douille de la lampe. Et le tour est joué, mon coquelicot !

De : Fonelle
À : Bianca
Objet : Femme au foyer
Mais t'es où, purée ? ! Il se passe des trucs dignes du G8 ! Avoir à mort besoin d'un homme, il suffisait d'y penser et d'être suffisamment convaincante ! Ça marche, je te dis ! Raboule un mail, qu'on décortique !

De : Fonelle
À : Félicien
Objet : Moi pas savoir
Mon chéri, mon amour, ma biche, j'ai tout fait comme vous m'avez expliqué avec votre cerveau d'homme, mais j'ai maintenant encore besoin de vous au motif que j'ai présenté l'ampoule dans la douille comme vous avez préconisé, mais qu'après il ne se passe rien. J'ai dû rater un épisode, sans doute en raison du fait que je ne suis qu'une femme et que, sans homme, je reste en vrac. En plus, j'ai peur-peur-peur de m'électrocuter.

De : Félicien
À : Fonelle
Objet : Moi savoir
Ma douce, mon bébé, mon écrin à pollen, je suis là, n'ayez pas peur : une fois que l'ampoule est présentée dans la douille de la lampe, il faut la visser dedans, comme celle qui était avant.

De : Fonelle
À : Félicien
Objet : Que serais-je sans toi ?
Dingue que j'y avais pas pensé !

De : Félicien
À : Fonelle
Objet : Je viens à ta rencontre
Vous ne pouvez pas tout savoir, en aucun cas, ma linotte adorée.

De : Fonelle
À : Bianca
Objet : Trop fort le coup de la faiblesse !
Mais qu'est-ce que tu fous, limace ! On vient de faire faire un saut immense à l'histoire de la féminité. Je sais enfin qui il faut qu'on soit pour qu'on soit bien ! Des sous-hommes ! Il me broute dans la main, le Félicien ! Viens qu'on décrypte ensemble à quel point je suis pure torrentielle !

De : Fonelle
À : Félicien
Objet : Ton acquise
Non, je ne peux pas tout savoir, mon roi. Je ne suis qu'une femme.

De : Félicien
À : Fonelle
Objet : Mon acquisition
Mon amour, comme je vous aime ! Pourquoi on n'a jamais fait l'amour ? Soyons nous-mêmes, enfin ! Arrêtez de travailler, venez vivre avec moi dans la

vallée de Chevreuse, je vous protégerai contre les bêtes sauvages, je mangerai vos petits plats, je caresserai les chemises que vous aurez repassées, je vous regarderai donner le sein à nos enfants, que je veux nombreux et sans péridurale, parce qu'on a trop coupé les femmes de leur mission intime qui est de donner l'amour dans la passion qui les déchire. Viens, ma toute mienne ! Ma geisha ! Viens vivre l'Homme !

De : Fonelle
À : Félicien
Objet : Ma réaction

On en reparle.

De : Fonelle
À : Bianca
Objet : Urgent

J'ai failli me faire posséder. On a eu chaud. Maile pas. Appelle carrément.

Où Fonelle se demande si les cadeaux sont bien des preuves d'amour

De : Fonelle
À : Bianca
Objet : Dossier Noël

Attends, vous êtes tous partis si vite hier soir que j'ai même pas eu le temps d'ouvrir les cadeaux qu'on s'est fait en pré-Noël ! Je viens d'ouvrir le tien en premier. Un sex-toy de chez Rykiel Woman, c'est une idée géniale ! Jamais j'aurais été m'acheter un godemiché toute seule ! Et c'est génial d'avoir pris celui avec les bonbons dedans ! Je l'ai mesuré, il a dû te coûter cher ! Merci !

De : Fonelle
À : Bianca
Objet : Encore le dossier Noël

Attends, j'ouvre le cadeau de Domino, là. Y a un souci, elle aussi elle m'offre un sex-toy de chez Rykiel Woman, et en plus celui avec les bonbons dedans. Mais bon, en cas que j'ai envie de manger les bonbons du tien, il me restera celui de Domino en secours, hein !

De : Fonelle
À : Bianca
Objet : Toujours le dossier Noël

Attends, là, ça commence à être ridicule, voilà qu'Otto aussi m'a offert un sex-toy de chez Rykiel Woman, et encore, en plus, celui avec les bonbons dedans. Qu'est-ce que je vais faire avec tous ces godes ? Si je les utilise tous à la fois, c'est plus de l'érotisme, c'est de l'acupuncture. Mais, bon, les bonbons sont bons, j'ai goûté. C'est des Dragibus.

De : Fonelle
À : Bianca
Objet : Encore et toujours le dossier Noël

J'ai ouvert tous les cadeaux : ça va chier.

De : Fonelle
À : Electra/Peter/Nathalie/Jamin/Gary/Bérénice/Laurette/Camille/Doroty/Bertil/Pamela/Émeline/Simone/Inès/June/Fabio/Michel-Édouard/Leonello/Nicole/Farida/Maza/Mohammed/Betty/Lucienne/Martha/Pina/Jean-Marc/Christine/Michelangela
Objet : Le père Noël est une ordure

Les amis, vous savez que je vous adore. Si vous remarquez bien, j'ai offert à chacun de vous pour Noël un cadeau personnalisé. Leonello, par exemple, des chaussons d'intérieur, Mohammed, par exemple, une jolie Torah. J'aimerais bien savoir pourquoi, alors que moi, pour vous, je me suis fendue la nouille en mille petites franges, je me retrouve avec une seule idée cadeau pour ma pomme : un godemiché modèle Lapin de chez Rykiel Woman, bonbons dedans, avec humiliation personnelle de penser que mes amis ne pensent qu'à une chose quand il s'agit de me faire plaisir. Je vous signale que j'ai un homme dans ma vie et que donc, ayant Félicien, je n'ai nul besoin de vos outils. Vous avez deux jours pour me faire un autre cadeau. Et si c'est des piles de rechange, je vous préviens, je tue quelqu'un.

De : Fonelle
À : Bianca
Objet : Noël
Ça a peigné sec, je peux te dire, j'ai aligné tout le monde.

De : Bianca
À : Fonelle
Objet : Trop drôle
Je rentre à l'instant. C'est super-drôle ! Pourquoi tu gardes pas tout pour rire !

De : Fonelle
À : Bianca
Objet : Pas drôle
C'est invivable. Pour aller de son coussin à la gamelle, mon pauvre chat en est à jouer aux quilles.

De : Bianca
À : Fonelle
Objet : Si, c'est drôle
Pourquoi tu les rapportes pas à la boutique ? Avec trente godemichés, à mon avis tu as une liseuse en lapin. Ils en font de sublimes !

De : Fonelle
À : Bianca
Objet : Non, c'est pas drôle
Je ne peux pas rendre. Si je rapporte tout ça à la boutique, la vendeuse va pas comprendre, elle va croire que c'est un grossiste qui la livre. Et pis, j'ai une autre raison qui fait que j' peux pas les rendre.

De : Bianca
À : Fonelle
Objet : Oh ?
Laquelle ?

De : Fonelle
À : Bianca
Objet : C'est pas drôle
… Félicien et moi, on a éventré tous les pénis pour boulotter les bonbons.

Où l'art de nouveau emmène Fonelle dans l'amour. Ou presque

De : Fonelle
À : Bianca
Objet : Matos et Picasso

J' me suis fait l'expo Matisse/Picasso ! Enfin ! Ça fait trois fois que j'y vais, mais y a toujours la queue jusqu'au « Zara » des Champs. Là, ça y est, c'est fait, j'ai tout bien comparé Matisse et Picasso. Bon, c'est clair que c'est Matisse que je préfère. L'autre, il se prenait le chou à tout tordre, mais, bon, en même temps archisexy, il faut reconnaître, avec des petits yeux noirs très expressifs et pleins de vice. Y a de super-photos d'eux dans l'expo. Tu l'as vue, toi ?

De : Bianca
À : Fonelle
Objet : Matisse et Picasso

Bien sûr, j' l'ai vue. D'accord avec c' que tu dis. Je crois même que Matisse un jour avait scotché Picasso en lui disant : « Quand on peint, on prie », et que l'autre, tout habillé Jean-Paul Gaultier qu'il était, il en était resté bouche bée de la pertinence du vieux sage.

De : Fonelle
À : Félicien
Objet : Matisse

Mon chéri, je rentre à l'instant de l'expo Matisse/Picasso, et vous êtes le premier à qui je pense à écrire. Cette expo, c'est absolument à voir, même en retard. On voit très bien le rapport entre ces deux hommes, et notamment que Picasso a certainement dû être scotché le jour où Matisse lui a dit que quand on peint on prie, tout habillé Jean-Paul Gaultier qu'il était. J'y retournerais bien avec vous, un jour où y aurait pas trop de queue (n'y voyez aucune allusion à ce que vous persistez à me cacher, mon amour).

De : Félicien
À : Fonelle
Objet : Picasso

Ma chérie, je suis tout à fait d'accord pour retourner voir cette expo avec vous. Je l'ai déjà vue vingt-deux fois, car je tiens Picasso pour le Christ de l'art moderne, même si je vois que vous lui préférez un grand bourgeois, Matisse, au motif qu'il dessinait des fleurs qui ne dérangeaient en rien l'establishment. Vous êtes jeune, et sans doute l'apport d'un maître est encore pour vous chose floue.

De : Fonelle
À : Félicien
Objet : Matisse, sa toile

Mon chéri, suis-je amoureuse d'un homme qui préfère la névrose d'un Picasso aux sublimes résolutions d'un Matisse ? Et dites-moi que je rêve qu'en plus de tout ça vous m'attribuez un QI de contractuelle au motif que, de deux peintres, je choisis celui qui peint avec la solution plutôt que celui qui peint avec le problème ?

De : Félicien
À : Fonelle
Objet : Picasso
Ma chérie, Picasso ne peignait pas avec le problème. Il a même écrit : « Je ne cherche pas, je trouve. » Voyons-nous un instant seul à seul, et je viens chez vous avec le livre, et je vous retrouve même la page. C'est un passage que j'ai souligné.

De : Fonelle
À : Félicien
Objet : « Matisserai déjà » si tu courais plus vite
Mon chéri. Ouais, je la connais, la phrase de Picasso, elle est jusque dans les Carambar, figure-toi. Mais j'ajoute une note en bas de page : ce que trouvait Picasso, c'étaient des problèmes, pas de solutions. Toc.

De : Félicien
À : Fonelle
Objet : Picasso
Ma petite chérie, tu me parles pas sur ce ton, OK ? Je suis docteur en physique et en biologie, et en chimie, plus une thèse d'État sur l'incidence de PU34 sur les reproductions de lypocythes R dans les déflagrations de molécules en coursives, donc c'est pas une fashion victime qui va m'apprendre l'histoire de l'art, t'en-

tends ? Sinon, je viens chez toi tout de suite et je te culbute sur ton catalogue de l'expo, et tu vas tout de suite voir de quelle bûche je me chauffe. Capté, la poule ?

De : Fonelle
À : Félicien
Objet : Matisse
Picasso savait pas peindre.

De : Félicien
À : Fonelle
Objet : Picasso
Tu l'auras voulu, j'arrive.

De : Fonelle
À : Bianca
Objet : Matisse et Picasso
Et devine qui passe à la casserole avec Félicien dans moins d'une heure ?

De : Félicien
À : Fonelle
Objet : Après réflexion
Écoutez. En fait, vous avez raison.

Où Fonelle se sent diffamée jusque dans sa capacité à aimer

De : Fonelle
À : Bianca
Objet : Fourrée au Flore

Poulette ? Je mène une petite enquête, help. Je souhaiterais bien savoir qui fait courir le bruit qu'à partir d'une certaine heure j'ai coutume de voir le loup DANS LES LOCAUX MÊMES DU FLORE, à l'étage, tables du fond. C'est absolument faux, crois-moi que je m'en souviendrais si j'avais eu des aventures à l'étage du Flore ; je n'aime pas beaucoup qu'on raconte sur moi des trucs pas vrais, surtout que c'est quand même pas difficile de raconter des trucs vrais, vu tout ce que je vis déjà. T'as une idée de qui dit ces âneries ? En plus, je rappelle que j'aime un homme, et que donc ma réputation est sacrée.

De : Bianca
À : Fonelle
Objet : Enquête Flore

Écoute, je vois pas du tout qui pourrait raconter une chose pareille. Qu'est-ce que les gens disent, au juste ? Et d'où tu sors cette info ?

De : Fonelle
À : Bianca
Objet : Affaire Flore

C'est Otto qui m'a dit que dans le milieu archi courait le bruit (faux) que le soir, ces derniers temps, je suis toujours fourrée au Flore. Il veut pas me dire qui qu'a dit ça, le salopiot.

De : Bianca
À : Fonelle
Objet : Explication Flore

Non, mais attends, l'expression fourrée au Flore n'est pas à prendre au pied de la lettre, voyons. On dit la même chose, par exemple, je sais pas, moi, de Frédéric Beigbeder.

De : Fonelle
À : Bianca
Objet : Effet Flore

Frédéric Beigbeder ! Non ! Ah ben ça, alors ! Frédéric Beigbeder, toi tu dirais qu'il est souvent fourré au Flore ! Oh, j'arrive pas à le croire, dis donc, il a l'air pudique comme tout, ce type. Et pis la classe personnifiée, dis donc ! Il est toujours dandy, comme ça, fin, sensible. Ah ça, j'aurais jamais cru que le Frédéric Beigbeder tripotait du moulinet comme ça au Flore… Ça, pour une info, c'est une info… C'est inouï !

De : Bianca
À : Otto
Objet : Problème Flore

Otto, je te dérange deux minutes. T'as eu Fonelle

dernièrement ? Non, parce que tu lui as raconté qu'on disait qu'elle était souvent fourrée au Flore, et cette imbécile n'arrive pas à prendre ça autrement qu'au pied de la lettre, donc j'ai toutes les peines du monde à la faire redescendre au lobby, là. Peux-tu m'aider s'il te plaît, en lui confirmant que c'est juste une expression et que c'est pas la peine de se tartiner l'hostie avec. Merci.

De : Otto
À : Fonelle
Objet : Fourrée Flore
Ma belle, j'ai pas trop le temps de m'étendre, mais on me demande de te confirmer que l'expression « fourrée au Flore » n'est pas à prendre au pied de la lettre. Bonne journée.

De : Fonelle
À : Otto
Objet : Re : Fourrée Flore
Oh, dis donc, c'est marrant que tu m'envoies un mail juste maintenant, parce que justement j'allais t'écrire. J'ai une info de première bourre sur Frédéric Beigbeder. Tu vois qui c'est Frédéric Beigbeder, cet homme extrêmement jovial, et tout en bonne éducation et en velours bleu marine ? Eh bien tiens-toi bien, il semblerait qu'il se la donne à fond la caisse au premier étage du Flore où c'est qu'il est tout le temps fourré ! Ouais monsieur, fourré ! Tu le crois, ça !

De : Bianca
À : Frédéric Beigbeder
Objet : Flore
Monsieur, nous ne nous connaissons pas, mais, suite à une série de malentendus, il est possible que vous revienne le bruit comme quoi vous êtes souvent fourré au Flore. Ne vous en formalisez pas, par pitié. Tout cela est le résultat d'un terrible quiproquo. Pardon encore.

De : Frédéric Beigbeder
À : Bianca
Objet : Re : Flore
Chère interlocutrice, je vous remercie pour votre prévenance, mais il est tout à fait juste que je suis souvent fourré au Flore, donc je serais malvenu de le démentir.

De : Bianca
À : Fonelle
Objet : Flore
Raboule, tu vas pas le croire. Frédéric Beigbeder est en effet souvent fourré au Flore. Je le tiens de ses propres mains.

De : Fonelle
À : Félicien
Objet : Potins
Vous voulez un potin ? Devinez qui se fait souvent fourrer au Flore ? Frédéric Beigbeder ! ! ! Pourquoi on ferait pas comme lui dès ce soir, vous et moi ? Rendez-vous au premier étage ! Je veux bien faire le Fredo !

Où Fonelle va chercher chez un gourou des infos sur l'amour

De : Fonelle
À : Bianca
Objet : Sea, secte, and sun !

Eh ! Je l'ai fait, figure-toi, le truc qu'on avait parlé sur le fait de suivre le stage « Recentrage moi profond » du grand gourou argentin Gerasmo del Lampo, à Deauville. Tu le crois que le gus nous a tous accueillis en aube en nous faisant de grands signes depuis sa Smart décapotable. J'ai jamais rien vu de plus drôle depuis la confiture pour hostie à la messe hippie de Formentera. OK, ça me coûte 4 000 euros, mais je te jure que j'en ai pour mon argent. Viens !

De : Bianca
À : Fonelle
Objet : Secte

Fais attention quand même. Surtout, ne bois rien, et révèle sur toi le minimum de choses.

De : Fonelle
À : Bianca
Objet : Sois pas sectaire !

Pour quoi tu me prends ! Tu crois quand même pas

que je vais aller à un stage « Recentrage moi profond » en me racontant telle quelle ! Au contraire, j'ai répondu à tout leur questionnaire en bidonnant à mort leurs 8 567 questions. Là, telle que tu me vois, le Gerasmo del Lampo, s'il lit ma fiche, est persuadé que je suis la fille d'un pasteur anglican de la Martinique, et que mon plat préféré c'est le poulet boucané. Pour te dire l'étanchéité de ma couverture. Non, moi, j'y vais juste pour qu'on lise l'avenir et s'il y a Félicien dedans.

De : Bianca
À : Fonelle
Objet : Secte
Fais attention quand même.

De : Fonelle
À : Bianca
Objet : Sois pas sectaire !
Poilant ! Y a le Gerasmo del Lampo en personne qu'est venu dans ma chambre à l'instant. Il voulait voir de ses yeux la fille d'un pasteur anglican, qu'il a dit. Mais en vrai je crois qu'il m'a remarquée quand je me suis couchée sous les roues de sa gouroumobile, vu que j'étais la seule fille sans encensoir. Le gars est haut perché, tu peux me croire. Quand ça a été son tour de raconter sa vie, il a quand même essayé de me faire gober que ses parents Zo et Za venaient de la planète Tric-Trac, et il me l'a même désignée dans le ciel genre en levant un doigt genre E.T. téléphone maison. Viens ! T'auras jamais tant ri.

De : Bianca
À : Fonelle
Objet : Secte

Fais attention quand même. Tous les jours, y a des gens qui disparaissent. Ce type a l'air complètement fou. C'est pas possible qu'il vienne de la planète Tric-Trac, atterris. Elle n'existe pas la planète Tric-Trac, je la trouve en aucun cas sur le site d'Hubert Reeve. Je t'en supplie, sois prudente. Tu joues avec le feu.

De : Bianca
À : Fonelle
Objet : Secte

Tout va bien ?

De : Bianca
À : Fonelle
Objet : Secte

Donne-moi de tes nouvelles, ou j'appelle la police.

De : Bianca
À : Fonelle
Objet : Secte

J'appelle la police.

De : Fonelle
À : Bianca
Objet : Re : Secte

Non, appelle pas la police ! Surtout pas ! Tu me nuirais terriblement ! Je crois que j'ai merdouillé avec Gerasmo del Lampo… Écoute, il a essayé de m'hypnotiser dans la chambre et finalement c'est lui qui est là maintenant avec des yeux comme des soucoupes dans un état complètement second. Ça m'a amusée deux minutes de lui faire ouvrir son coffre-fort et de récupérer mon pognon (plus une petite commission au passage), et ensuite aussi j'ai bien ri à lui faire faire les bruits de la ferme et miaulé le code de sa carte American Express, et aussi je lui ai montré comment que son corps pouvait efficacement obéir à mon injonction « Recentrage moi profond », mais enfin maintenant j'arrive plus du tout à le faire revenir sur terre. Qu'est-ce que je fais ?

De : Bianca
À : Zo et Za
Objet : Zo ! Za !
Zo, Za, où que vous soyez, répondez-moi. Votre fils est en danger.

Où Fonelle essaie l'abstinence, puisque c'est comme ça

De : Fonelle
À : Bianca
Objet : Abstinence

Après ce que tu vas entendre, je pense que je vais être ton héroïne à vie. Je dis bien : à vie.

De : Bianca
À : Fonelle
Objet : Re : Abstinence

Pourquoi qu' t'appelles ton mail « Abstinence » ?

De : Fonelle
À : Bianca
Objet : Le mot « abstinence »

Justement. Je vois que déjà t'es dans le crépi rien qu'à m'entendre employer le mot « abstinence », ce qui me confirme à quel point ça va te coincer un radis quand t'auras entendu ce que je vais te révéler d'archi-important qui m'arrive en ce moment. Donc je te révèle, attention je te révèle ce qui m'arrive : j'ai… arrêté.

De : Bianca
À : Fonelle
Objet : Re : Le mot « abstinence »

Hein ? Arrêté ? Mais arrêté quoi, purée ? Sois un peu claire, ou sinon on va y passer la nuit. Arrêté quoi ? Le shopping ?

De : Fonelle
À : Bianca
Objet : La chose abstinence

Mignonne… brave fille… Ha ha ha, je vois que tu ne te doutes de rien… et que ça va une fois de plus être à moi de dissiper les brumes de ton ignorance pour te révéler le truc dingue qui m'arrive et qui va sans doute changer ma vie, et, pour te le dire franchement, je sens d'ores et déjà comme un profond revirement intérieur de mon être avec une disposition toute différente de mon âme dans la configuration de mon corps matériel. Et tout ça à cause que j'ai arrêté.

De : Fonelle
À : Bianca
Objet : Re : La chose abstinence

Écoute, je sais pas ce que tu as arrêté au juste, mais en tout cas j'ai une vague idée de ce que tu as sans doute repris : la fumette. C'est quoi ce délire new-age ? Sois directe, parce que j'ai eu une rude journée, et là je sens que dans deux minutes j'ai l'attention qui s'infecte.

De : Fonelle
À : Bianca
Objet : Abstinence

J'ai arrêté l'amour, patate. Enfin, quand je dis

l'amour… je parle surtout des scories physiques sur lesquelles le manant s'appuie, et dont moi, soudain, j'ai fait fi. Oui, tu as bien entendu, j'ai totalement stoppé toute activité sexuelle visant à la procuration d'un plaisir que, TOUT À COUP, j'ai jugé indigne de la qualité d'âme d'une fille comme moi en passe de vivre un profond revirement intérieur. Tu peux désormais m'appeler sœur Sourire. Ça te troue la joue, non ?

De : Bianca
À : Fonelle
Objet : Re : Abstinence

Oh ? La vie sexuelle ? Oh ben merde… Mais t'as arrêté, mais depuis quand ?

De : Fonelle
À : Bianca
Objet : Détail abstinence

Depuis un petit moment.

De : Bianca
À : Fonelle
Objet : Re : Détail abstinence

Mais pourquoi tu disais rien ! Mais attends, c'est extraordinaire, et tu m'as caché ça ! Hier encore tu faisais celle qui sortait avec cet idiot, là, j'ai oublié son nom, le type que tu avais rencontré la veille…

De : Fonelle
À : Bianca
Objet : Abstinence

Tout juste. Eh bien, figure-toi que depuis hier : RIEN.

De : Bianca
À : Fonelle
Objet : Re : Abstinence

Dis donc, espèce d'ordure, tu te fous de ma gueule ! C'est ça que t'appelles de l'abstinence ? J'aime pas beaucoup qu'on se foute de ma gueule. Fais gaffe.

De : Fonelle
À : Bianca
Objet : Abstinence

Je te jure : RIEN. Si je tiens 24 h, je m'offre un pull.

Où Fonelle a un problème, pour une fois pas sexuel, quoique

De : Fonelle
À : Bianca
Objet : Locomotion
Dis donc, à propos de ton mail sur la sortie de ce soir, où je dois vous présenter Félicien. C'est niet pour aller au Costes de la rue Étienne-Marcel, c'est ingarable. Non, je crois que le mieux c'est qu'on sorte pas. En plus, j'ai fait l'écrivain public toute la journée pour des gens simples en demande de logement HLM de la Ville de Paris, je suis exténuée. C'est épuisant d'être de gauche, surtout s'il faut aider les autres, crois-moi.

De : Bianca
À : Fonelle
Objet : Re : Locomotion
Qué qu'on sorte pas ? Tu veux plus le Costes Étienne-Marcel ? Ben t'es malade ou quoi ? On avait dit qu'on sortait, d'où ça sort qu'on sort plus ? On va trouver un autre endroit, non mais c'est quoi cette corrida qu' tu fais à pas vouloir sortir ? Je propose

qu'on aille chez Bartolo, rue des Canettes, là c'est super fastoche de se garer, on peut se mettre en double file rue du Four. On se retrouve au Plaza, pour un verre avant ?

De : Fonelle
À : Bianca
Objet : Re : Locomotion
Au Plaza, t'es malade ! Aère ta fontanelle quand je te cause : l'avenue Montaigne à dix-neuf heures, c'est ingarable !

De : Bianca
À : Fonelle
Objet : Re : Locomotion
On peut savoir c'est quoi cette fixette, là ? Depuis quand ça t'arrête d'avoir juste à freiner devant le Plaza avec ta Twingo et à la refiler direct au voiturier ? C'est ce qu'on fait toujours, je te signale. Allez, on dit à dix-neuf heures au Plaza.

De : Fonelle
À : Bianca
Objet : Re : Locomotion
M'en fous, j'irai pas. C'est hors de question que je laisse ma voiture au voiturier du Plaza Athénée. De toute manière j'ose même plus le regarder vu tous les pourboires que je lui ai grattés. Et, en plus, à mon tour de te signaler que, même en admettant que le voiturier s'affûte la courtoisie à me regarder sans son petit air rancunier, ça résout pas le problème que, du trottoir du Plaza au bar du fond, y a quand même

une sacrée trotte et à peu près 150 mètres de couloir. À faire à pied. Donc, on oublie le Plaza.

De : Bianca
À : Fonelle
Objet : Re : Locomotion
T'as des rhumatismes, ou quoi ? Qu'est-ce qu'on s'en tape du couloir du Plaza ? Mais bon, tant pis, on n'a qu'à se retrouver direct chez Bartolo. Et si Sa Seigneurie vit un drame de locomotion, je veux même bien pousser la bonté jusqu'à passer te prendre, et te déposer devant le restau, et reculer ensuite les deux mètres nécessaires pour me garer en double file dans la rue du Four. Ça roule, comme ça ?

De : Fonelle
À : Bianca
Objet : Re : Locomotion
Ouais, ben ça roule tintin… Si tu te souviens bien, entre le trottoir de la rue des Canettes devant Bartolo et l'entrée effective du restaurant, le sol est irrégulier avec encore son pavage d'époque de quand même Louis XIV ça lui niquait les richelieus. Donc, je préférerais un autre restaurant, ou alors le mieux c'est que carrément on sort pas.

De : Bianca
À : Fonelle
Objet : Re : Locomotion
Laisse-moi réfléchir.

De : Fonelle
À : Bianca
Objet : Re : Locomotion
C'est tout réfléchi : devant chez Bartolo, c'est inmarchable. J'y vais pas, pis c'est tout.

De : Bianca
À : Fonelle
Objet : Re : Locomotion
Dis donc, tu te serais pas acheté les nouvelles sandales 11 cm de talons de chez Balenciaga à 900 boules avec les sangles en cuir naturel, par hasard, entre deux lettres d'écrivain public pour des gens simples en demande de logement HLM de la Ville de Paris ?

De : Fonelle
À : Bianca
Objet : Re : Locomotion
Ben comment t'as deviné ?

De : Bianca
À : Fonelle
Objet : Re : Locomotion
Tu sais ce qu'on va faire : mets pas tes Balenciaga ce soir, et on sort, et pis c'est tout.

De : Fonelle
À : Bianca
Objet : Re : Locomotion
Non, faut que je les fasse. Demande à Otto s'il peut venir, il me portera. Félicien, ça va lui abîmer le dos.

Où Fonelle reçoit un mot d'amour de l'homme qu'elle aime

De : Fonelle
À : Bianca
Objet : Frappée d' la dinde

Bon, je suis désolée que Félicien n'ait finalement pas pu venir, hier. Il n'a pu se libérer de sa femme qu'à 3 heures du matin. Il était épuisé, le pauvre. Mais bon, je passe du coq à l'âne : toi qu'as fait une année de plus que moi en linguistique, j'ai besoin d'une info-vocable. Je reçois un mail de Félicien où c'est qu'il me dit qu'en me grattant le dos hier il s'était vraiment rendu compte « avec bonne humeur » que je suis « frappée d' la dinde ». Qu'est-ce ça veut dire ? T'en penses ?

De : Bianca
À : Fonelle
Objet : Frappée d' la dinde

Et si qu' ça voulait dire quelque chose autour de la dinde ?

De : Fonelle
À : Bianca
Objet : Frappée d' la dinde
Sans blague, ah mais j'y aurais pas pensé, dis donc... Écoute, recontacte-moi quand tu seras réveillée, je vais me débrouiller toute seule en attendant ou alors en parlant avec des gens qui ont un vrai cerveau et pas un cerceau pour faire du hula-hoop dès qu'on leur pose une question un peu étayée. Merci.

De : Bianca
À : Otto
Objet : Frappée d' la dinde
Mon cousin, mon bourrin : si par hasard tu disais d'une fille avec qui t'aurais vu le loup, comme ça, qu'elle est « frappée de la dinde », ça voudrait dire quoi exactement, en admettant que tu t'en souviennes... Sois mignon de me répondre, parce qu'il faut que moi-même je réponde à celui qui m'a appelée « frappée de la dinde », et si je mets trop de temps ça la fout mal. Merci.

De : Otto
À : Fonelle
Objet : Frappée d' la dinde
Chuis là, poule. Alors, je te réponds tout de go. Si jamais, mettons, je disais d'une fille qu'elle est frappée d' la dinde, c'est clair que ce serait une allusion à mes marrons (dinde aux marrons) et au fait que maintenant elle est comme marquée sous le sceau du satané coup de tampon que je lui ai mis. Voilà. Et, pour pas le dire trop abjectement genre « hein, que

j' t'ai bien gaufré la libellule, bidule», j'irais dans une imagerie festive, genre Noël, genre dinde.

De : Fonelle
À : Bianca
Objet : Frappée d' la dinde

Ça y est, j'ai l'info ! Tu le crois que cette fouine de Félicien m'a dit que j'étais frappée d'la dinde genre estampillée par les marrons personnels de monsieur, genre maintenant sa propriété, alors qu'on n'a même pas fait l'amour ! Non mais pour qui il se prend ! Je ne suis pas sa propriété, non mais faut qu'il relise son Giroud, y a pas écrit «dominée de la balle» sur ma culotte Scandy ! Non mais il est cocasse, je te jure. Ah, il va m'entendre. Parce que je gueule, non ? T'en penses ?

De : Bianca
À : Fonelle
Objet : Frappée d' la dinde

Non seulement tu gueules, mais en plus tu lui fais avaler son laboratoire à ce maudit physicien, qui se permet de se vanter, sous prétexte qu'il t'a même pas frappé la dinde avec ses marrons qu'on demande à voir, qu'on se marre ! J'arrive pas à me configurer comment c'est possible qu'un type se vante de t'avoir machinchouettée alors qu'on est à l'aube de l'an 3000 et que tout ça devrait quand même avoir évolué. Surtout quand ça a pas eu lieu !

De : Fonelle
À : Bianca
Objet : Frappée d' la dinde
Moi je dis c'est une injure qu'il me rappelle le côté un peu musclé qu'il y a eu à un moment donné entre ses marrons et ma dinde. Surtout quand ça a pas été plus loin !

De : Bianca
À : Fonelle
Objet : Frappée d'la dinde
Il va les bouffer ses marrons.

De : Félicien
À : Bianca
Objet : Confusion
Ma douce Fonelle, mon Dieu, je crois bien que vous allez encore bien vous moquer de moi ! Ne tenez pas compte de mon dernier mail. Je voulais mettre un mot jeune et de votre univers et j'ai bien peur d'avoir « gaffé ». En effet, mon neveu m'apprend à l'instant qu'on ne dit pas « frappée d' la dinde », mais « frappadingue ». Bref, il fallait lire : « Vous êtes vraiment frappadingue. » Love.

De : Fonelle
À : Bianca
Objet : Frappée d' la dinde
Y a du new : c'est pas « frappée d' la dinde » qu'il voulait écrire, c'est « frappadingue ». Il me trouve juste folle. Ouf.

De : Bianca
À : Fonelle
Objet : Frappée d' la dinde

Ouf. Un temps, j'ai cru qu'on t'insultait.

Où Fonelle décrypte un mot d'amour

De : Fonelle
À : Bianca
Objet : Éclaircissements demandés

Bon, j'ai encore besoin de tes lumières. J'ai là encore un mail étrange de Félicien. Il me met : « Le ciel était bleu aujourd'hui et j'ai pensé à vous, à vous, à vous… » Bon, qu'est-ce qui te saute aux yeux, là-dedans, maintenant que j'ai éclairé ta pensée ?

De : Bianca
À : Fonelle
Objet : Le noir total

Ben, pourquoi il te vouvoie à ce point ?

De : Fonelle
À : Bianca
Objet : Re : Le noir total

Voilà ! Pile mon questionnement ! Et si ce petit fumier de physicien essayait tout bonnement de mettre de la distance ? Et si que c'était possible ce sinistre que, quand j'aime un homme, il ne pense qu'à rester froid comme un sol québécois ? Eh ben, toi, tu fais ce que tu veux, mais moi je veux en avoir le cœur net.

De : Bianca
À : Fonelle
Objet : Éclaircissements à demander
Ouais, t'as raison, on veut savoir. S'il nous distance, ça va peigner ! Non mais, pour qui il nous prend alors qu'il n'a même pas couché avec nous, ce gnou ? ! Il offense notre sex-appeal !

De : Fonelle
À : Bianca
Objet : Re : Éclaircissements à demander
T'as raison, on va pas se laisser faire par un homme ! Surtout un qu'on a aimé !

De : Félicien
À : Fonelle
Objet : Lumière sur la ville
Fofonelle, le ciel est maintenant flamboyant là, sur la crête de la vague de la colline de Chevreuse, je suis dans la vallée au spectacle du rougeoiement du monde, et je pense à vous, à vous, à vous, à vous, à vous.

De : Fonelle
À : Bianca
Objet : Éclaircissements obtenus
Attends, je te forwarde un nouveau mail de Félicien. Vise comme il insiste lourdement sur le vous. J'en suis à me demander si y aurait pas derrière cette

sourde ambiguïté pire que de l'amnésie : de la perversion. T'en penses ?

De : Bianca
À : Fonelle
Objet : Re : Éclaircissements obtenus
C'est clair que l'insistance sur le « vous », c'est une provocation, c'est « je remets les choses à leur place », c'est « je ne veux plus la moindre allusion à rien ». Salaud ! Il a profité que tu voulais de lui pour se tirer ! Salaud ! Salaud ! Viens, on va dès cette nuit lui alambiquer ses éprouvettes en faisant pipi dedans. Commence à boire dès maintenant, et on prend la route, et on fait pipi partout où on peut, même sur son Palm Pilot si on le trouve ! Appelle Otto qu'il nous attende en bas avec la corde en rappel.

De : Fonelle
À : Otto
Objet : Éclaircissements demandés
Otto, tu fais quoi ce soir ? Bon, de toute manière on s'en fout, tu annules tout, je t'attends à la gare de Chevreuse dans une heure. Apporte une corde de chantier, une chignole, et une torche. Je te forwarde les deux mails que j'ai reçus de Félicien aujourd'hui. Tu vas voir, ça parle de soi-même : il me dit « vous », t'as vu ? C'est clair qu'il se fout de ma gueule du front au menton, donc on va lui donner une petite leçon. 20 h 30 : gare de Chevreuse.

De : Otto
À : Fonelle
Objet : Éclaircissements suggérés

Cousine, je lis et relis les mails de ton Félicien, et je ne vois rien dans ce « vous » de choquant. Je pense qu'au contraire, par ses propos délicats, cet homme montre qu'il te respecte.

De : Fonelle
À : Bianca
Objet : Nouveaux éclaircissements

Y a Otto qui lit les mails du gus et qui dit que si ça se trouve c'est juste les propos délicats d'un type qui me respecte… T'en penses ?

De : Bianca
À : Fonelle
Objet : Éclaircissements

Du respect… Ben, merde ! Ah ouais, purée, ça colle. Cet idiot serait bien capable de nous respecter ! Qu'est-ce que tu vas faire ?

De : Fonelle
À : Félicien
Objet : Lumière de ma vie

Moi aussi, j'ai beaucoup pensé à vous.

Où Fonelle décèle un manque de respect quelque part, en rapport avec l'amour

De : Fonelle
À : Bianca
Objet : Respect
On a un immense merdier du côté d'Electra. Je viens de recevoir un mail comme quoi le type avec qui elle dînait hier, pourtant tout en « je t'aime », et en « j'aurais jamais osé rêver rencontrer une fille comme toi », n'a pas voulu faire l'amour avec elle, au motif qu'il la respecte trop. Elle est au quatrième dessous, faut qu'on l'aide.

De : Bianca
À : Fonelle
Objet : Respect
Il la respecte trop ? Pour qui il se prend, ce minable ! Le dalaï-lama ?

De : Bianca
À : Domino
Objet : SOS goujat
Fonelle vient de me prévenir. Electra accuse un gros coup : le type avec qui elle dînait hier n'a pas voulu

faire l'amour avec elle. Grosse embrouille : il la respecte trop.

De : Domino
À : Electra
Objet : J'arrive

Je viens d'apprendre ce qui t'arrive par Bianca, qui a l'air de penser que c'est extrêmement négatif qu'un homme ne te saute pas dessus le premier soir, alors que moi, peut-être suis-je vieux jeu, mais enfin je trouve quand même qu'il y a du bon dans tout ça. Les hommes aussi ont le droit d'être romantiques. Regarde, moi et mon fiancé, on a fait l'amour qu'au bout de cinq mois, et tout le reste du temps on s'en est tenu au buccal. Regarde, dans *Sur la route de Madison*, Clint Eastwood ne couche pas tout de suite avec la fermière. C'est ça qui est beau.

De : Electra
À : Fonelle
Objet : Aiuto !

Je reçois un mail de Domino. Elle me délire toute une théorie comme quoi, dans *Sur la route de Madison*, Clint Eastwood ne couche pas tout de suite avec la fermière, alors que je viens de vérifier, et il se l'envoie à peu près 47 minutes après le début du film ; donc, bonjour les infos. J'ai besoin qu'on me remonte le moral, pas qu'on me bourre le crâne avec de la pure intox. Qu'elle me lâche.

De : Fonelle
À : Domino
Objet : Ton amie

Qu'est-ce t'as été raconter à Electra ? Elle est furax contre toi. As-tu bien saisi qu'avec cette saleté de respect la pauvre Electra n'a quand même pas réussi à prendre son plaisir, hier ? Donc, sans aller jusqu'à pleurer parce qu'on n'a pas fait hi-han jusqu'au bout de la nuit, conçois que ce soit quand même un peu les vêpres. Sois gentille avec elle.

De : Domino
À : Fonelle
Objet : Précisons

C'est plutôt bon signe qu'un type la respecte. Un brin de spiritualité dans l'amour ne peut pas nuire. Dieu et la joie s'infiltrent partout. Vogue la vie !
Pense aux mystiques. Le plaisir n'est pas forcément dans l'acte : il peut être aussi dans l'attente.

De : Fonelle
À : Bianca
Objet : Attention folie

Prends le relais. Moi, je rends mon tablier. J'ai Domino en live qui perd la raison et mêle Dieu à tout ça. Je pense que sa fontanelle s'est rouverte et que tout fout le camp. Elle tient maintenant tout un discours sur le thème que le plaisir peut être dans l'attente.

De : Bianca
À : Fonelle
Objet : Attention sagesse
C'est pas débile.

De : Fonelle
À : Bianca
Objet : Re : Attention sagesse
Que sa fontanelle se soit rouverte ? De se farcir l'aumônier ?

De : Bianca
À : Fonelle
Objet : Re : Re : Attention sagesse
Non, le coup du plaisir de l'attente.

De : Fonelle
À : Bianca/Domino
Objet : On me lâche
Bon écoutez les filles : qu'est-ce que vous voulez que je vous dise ? Allez vous faire respecter chez les Grecs, moi je m'en tape. Mais je commence juste à en avoir marre de discuter avec des intégristes. Donc, moi, de mon côté, un grand plaisir que je vais prendre, c'est vous laisser vous barrer en hostie, mais sans moi. Je vous confie Electra, parce qu'avec elle aussi je sens que le prurit va me prendre. Si elle est pas capable de ne pas se faire respecter, qu'elle se démerde. Ciao.

De : Félicien
À : Fonelle
Objet : Gratter le dos
On se voit platoniquement ce soir ? Je vous gratte le dos !

De : Fonelle
À : Félicien
Objet : Re : Gratter le dos

Oh oui !

Où Fonelle apprend qui elle est dans les astres

De : Fonelle
À : Bianca
Objet : Dans les astres

Ah, dis donc, j'ai eu une super bonne idée de me faire faire mon thème astral par Josie Bourgadier. Attends, c'est dingue à quel point ça dit absolument tout ce que je suis ! Quand je pense que j'ai pris l'astrologie à la légère alors que c'était pile une science exacte ! Tiens, je te forwarde mon thème. Tu me dis ce que t'en penses.

De : Bianca
À : Fonelle
Objet : Bémols

Bon, je viens de me taper les 17 pages de ton thème. Y a des trucs qui tombent juste, comme le coup que tu chausses du 37 et que tes slips sont en microfibre, mais enfin y a quand même aussi toute une série d'incohérences flagrantes, sorry. Je comprends pas que tu te tapes une extase sur une imposture pareille. Par exemple, le coup que t'es vierge, ascendant vierge, ça, faut être placide et con comme un chartreux pour le croire, c'est flagrant que c'est incohérent, sorry. Si toi t'es vierge, alors Jeanne d'Arc va se retourner sur sa bûche. Et, en plus, c'est pas valorisant, sorry.

De : Fonelle
À : Josie Bourgadier
Objet : Votre thème
Josie, excusez-moi de vous redéranger. Mon chèque est parti, vous devriez l'avoir sous peu. Là, j'ai juste une question de rab à vous poser, rapport à peut-être une incohérence flagrante dans mon thème due peut-être à une erreur de votre part. En effet, êtes-vous sûre, sûre, que je sois vierge, vierge ? Or des gens qui me connaissent disent qu'à certains signes ils voient que je peux pas être vierge.

De : Josie Bourgadier
À : Fonelle
Objet : Re : Votre thème
Chère Fonelle, vous êtes vierge ascendant vierge. Je viens encore de revérifier. C'est magnifique d'être vierge ascendant vierge ! La pureté même !

De : Fonelle
À : Bianca
Objet : Mon thème
Merde, c'est horrible, je suis pure. Je coucherai jamais avec mon physicien.

De : Bianca
À : Fonelle
Objet : Ton étoile
Tiens bon, chuis là, t'es pas toute seule.

De : Fonelle
À : Bianca
Objet : Mon thème

T'en parles à personne, hein ! Si on apprend que chuis pure, chuis morte.

De : Otto
À : Fonelle
Objet : Ton thème

J'apprends par Bianca que t'es vierge ascendant vierge, laisse-moi rire. Si toi t'es vierge, alors ça veut dire que ce soir-là les Rois mages se rendaient à une soirée échangiste ! N'aie crainte, je le dis à personne.

De : Domino
À : Fonelle
Objet : Ton thème

Ma belle, je voudrais pas mettre le doute dans ton esprit, mais, là, Bianca me dit qu'on a fait ton thème et que tu es vierge ascendant vierge. Tu te rends bien compte que c'est pas possible, même si on ne compte pas les péchés que t'as oubliés. N'aie crainte, je le dis à personne.

De : Fonelle
À : Maman
Objet : Ta fille

M'man, t'es sûre à 100 % de mon heure de naissance ? Non, parce que là, j'ai fait faire mon thème sur la foi d'une naissance à 20 h 50, et il se trouve que ça me fiche complètement dedans. Donc, je me demandais si y avait pas une erreur. Tu confirmes 20 h 50 ou pas ?

De : Maman
À : Fonelle
Objet : Ta mère ☺
Je me souviens pas que c'était le soir.

De : Fonelle
À : Maman
Objet : Re : Ta mère ☺
Écoute m'man, c'est toi qui disais 20 h 50 pas plus tard que la semaine dernière, c'est pas moi qui l'ai inventé, purée ! Je viens de débourser 256 euros pour un thème astral à 20 h 50, donc j'aimerais que tu t'éponges un peu l'ostéoporose, que tu te concentres deux secondes, qu'on arrête une heure pour ma naissance, t'entends ? Sois précise, je suis ta fille.

De : Maman
À : Fonelle
Objet : Re : Re : Ta mère ☺
L'année, en tout cas, c'est facile à retrouver.

De : Fonelle
À : Bianca
Objet : Hep
Minute, y a encore un espoir.

Où Fonelle se demande si elle sait mimer

De : Fonelle
À : Bianca
Objet : Une vraie amie

Bon, raboule. J' suis bourrelée de doutes ce soir. Tu vois, je fais le bilan de ma vie et je me dis que je cloche. J' suis pas une vraie femme. Même mon physicien, qui devrait plutôt être content de faire des découvertes, il veut pas me voir comme un être humain sensible. Aide-moi je t'en prie à être plus humaine. Fais de moi une montagne d'humanité. Sois une vraie amie.

De : Bianca
À : Fonelle
Objet : Ton amie

Mon petit chat ! Tu sais, je préfère te voir comme ça ouverte à l'inénarrable plutôt qu'armurée de défenses. Laisse ta vulnérabilité apparaître et tu verras tout naître.

De : Fonelle
À : Bianca
Objet : Mon amie

Ouais, mais comment qu'on fait ?

De : Bianca
À : Fonelle
Objet : Une amie pour de vrai

Déjà, arrête de parler comme un charretier. Mets de la douceur dans tes mots, et tu verras y en aura dans ta peau. Regarde, essaie. Tu dis plus : « ouais » ; tu dis : « oui ». Essaie pour voir.

De : Fonelle
À : Bianca
Objet : Re : Une amie pour de vrai

Ouais, pigé, j' vais essayer. Autre chose ?

De : Bianca
À : Fonelle
Objet : Une amie dans le vrai

Ensuite, tu arrêtes tout Vouloir. Cesse d'être dans l'injonction de toi-même et mets-toi au contraire dans l'élan des choses. Prends enfin ce risque.

De : Fonelle
À : Bianca
Objet : Re : Une amie dans le vrai

Ah ouais ? Enfin, j' veux dire : Ah oui ? Et où ça qu' c'est risqué d'attendre que ça vienne sans jamais se bouger le cul ?

De : Bianca
À : Fonelle
Objet : Le vrai

Tu te méprends sur l'identité profonde du risque. Toi, tu crois toujours que c'est à toi de tout faire ; ça, c'est un rogaton de ton œdipe, de tes efforts de petite fille pour séduire ton papa. Mais, en réalité, le vrai risque, c'est pas d'aller envahir les autres, le vrai risque c'est de rester là sans savoir qui va t'envahir, et sans peur. Accueillir l'autre, quel qu'il soit, c'est ça le risque.

De : Fonelle
À : Bianca
Objet : Re : Le vrai

Sans blague ?

De : Bianca
À : Fonelle
Objet : Une amie et la vérité

Tu sais, moi, depuis le début, je n'aime pas que tu sois cette amazone hystérique, qui fonce partout où elle ferait mieux d'essayer de se fondre. Combien de fois je t'ai surprise avec même un côté monstrueux que tu ne pouvais maîtriser en toi. De temps en temps, tu peux avoir ce côté abominable de qui ne respecte rien et marche sur les œufs comme si la messe était dite et que c'était posé qu'il fallait en faire une omelette. Tu as cet humour ignoble qui parfois te sort de la bouche comme une gargouille défigurée, et les autres, en face de toi, ne sont plus qu'impuissance, effarement et désolation. Mais là, enfin, tout va changer. Parce que la décision vient de toi. Enfin tu veux évoluer. Enfin tu veux quitter la position pathétique que tu occupes dans ce carcan de drôlerie. Tu peux maintenant espérer devenir quelqu'un.

De : Bianca
À : Fonelle
Objet : Une vraie amie

T'es pas fâchée par ma franchise, j'espère ?

De : Fonelle
À : Bianca
Objet : Re : Une vraie amie

Loin de là. Et tu vas voir à quel point je peux être humaine : je vais faire comme si t'avais rien dit et que j'avais rien entendu. Sinon, je sais pas pourquoi, mais je sens que je vais redevenir une bête hurlante et te casser deux dents.

Où Fonelle en apprend de belles
sur l'art de l'amour,
elle qui sait pourtant tout

De : Fonelle
À : Bianca
Objet : Retiens la nuit

Eh, pourquoi t'es pas venue chez Domino, hier soir ? Y avait Édouard Servan-Schreiber, tu vois qui c'est ? Il vient d'écrire tout un bouquin où c'est qu'il raconte comment qu'un homme peut faire l'amour pendant des heures sans jamais faiblir, par la seule action de son index à un point précis quasi de shiatsu de son bâton enchanté. Il peut se retenir toute la nuit ! C'est une méthode qu'il a rapportée des États-Unis ! Bon, moi, ça ne m'intéresse pas des masses, mais la table était scotchée.

De : Bianca
À : Fonelle
Objet : Stop !

Moi non plus, ça ne m'intéresse pas. Que chacun fasse ce qu'il veut avec son index, je m'en fiche ! Ça entre par une oreille et ça ressort par l'autre.

De : Otto
À : Fonelle
Objet : Ça suffit !
Cousine, ça va ? Dis donc, Bianca me parle de ce type qui peut faire l'amour toute la nuit sans jamais faiblir par la simple pression d'un index ? Y a vraiment des fous, hein ! Je vois pas l'intérêt de forcer la nature. C'est vraiment pas intéressant. Et d'ailleurs, il faut le mettre où ce foutu index, tu le sais, au moins ? Non, parce que là Bianca était complètement dans l'ignorance de la réponse, on dirait, vu qu'elle m'a dit que ça entrait par une oreille et ressortait par l'autre, ce qui me semble quand même un rien irréaliste.

De : Félicien
À : Fonelle
Objet : On croit rêver
Amour de ma vie, ma blanche, j'apprends par votre cousin Otto que vous avez fait la connaissance d'un homme qui connaît une méthode permettant de faire l'amour toute la nuit sans faiblir, par le seul moyen d'une pression d'un seul index sur une zone donnée. Le monde est fou ! Les hommes deviennent fous ! On gobe vraiment n'importe quoi, de nos jours ! Toutefois, à l'occasion, pourriez-vous prendre contact avec ce jeune homme et lui demander où il faut appuyer avec l'index dans le cas qu'on voudrait essayer sa méthode ? On pourrait essayer tous les deux, qu'en pensez-vous ?

De : Fonelle
À : Édouard Servan-Schreiber
Objet : Index
Edward, c'est moi, Fonelle, on s'est rencontrés l'autre

soir chez Domino, c'est moi la fille avec les chaussures dorées. Alors voilà, l'info comme quoi vous savez où il faut appuyer avec son index pour pouvoir faire l'amour toute la nuit sans faiblir a fait, comment dire, inopinément, le tour de mes amis. Tout le monde me demande où il faut exercer la pression. Ce serait très gentil de votre part de me réexpliquer tout ça. Est-ce trop demander ?

De : Édouard Servan-Schreiber
À : Fonelle
Objet : La main à la pâte
Pour bien faire, il faudrait que je vous montre.

De : Fonelle
À : Félicien
Objet : Souci
On a un souci. Édouard Servan-Schreiber veut bien m'expliquer, mais pour ça il veut me montrer le truc en vrai.

De : Félicien
À : Fonelle
Objet : No soucy !
Foncez ! Et faites attention même aux détails.

De : Fonelle
À : Félicien
Objet : Léger souci
Mon amour, dites-moi que je rêve et que vous n'êtes pas en train d'envoyer la femme de votre vie se faire froisser la liquette chez un autre homme, uniquement pour savoir où mettre votre index à l'avenir ?

De : Félicien
À : Fonelle
Objet : Re : Léger souci

Vous prenez tout mal. Ce sera bien pour nous deux si je sais où mettre mon index.

De : Otto
À : Fonelle
Objet : Info

Alors, on a l'info ?

De : Fonelle
À : Félicien/Otto
Objet : L'info en continu

*Conversations impudiques**, Madeleine Chapsal et Édouard Servan-Schreiber, aux éditions Pauvert. Mais j'ajouterai ceci : ne m'appelez plus. Ne me téléphonez plus. Ne m'écrivez plus. OK ? Ce que je compte faire jusqu'à nouvel ordre avec vous, là, les deux : vous mettre à l'index. Je pense que c'est assez imagé.

---

* *Conversations impudiques*, éditions Pauvert, 2002.

Où l'inconscient de Fonelle saute aux yeux

De : Fonelle
À : Bianca
Objet : Écriture intuitive
Hé, sois sur le cul d'à quel point je rédige vite mes mails ! Otto m'a filé gratos le logiciel qui permet d'écrire ici avec l'écriture intuitive. Tu tapes le début du mot et l'ordi complète himself, t'as plus besoin d'écrire le mot complet, et en plus le logiciel va chercher d'emblée tout seul dans ton ordi les mots que tu emploies le plus souvent, et il te fait une niche avec ton vocabulaire perso. C'est pas génial ! ! ! Je suis en train de le télécharger.

De : Bianca
À : Fonelle
Objet : Re : Écriture intuitive
J'en veux, moi aussi.

De : Fonelle
À : Bianca
Objet : Re : Re : Écriture intuitive
A y est ! Je l'ai ! C'est beaucoup plus pratique pour

écrire. Ça va vite ! C'est raboule ! Non merde c'est pas raboule queue je voulais écrire, pourquoi il m'écrit raboule ce couillon d'ordi ? Attends, je vais demander à Ottorhino.

De : Fonelle
À : Otto
Objet : Problème écriture
Eh dis, mon gros, j'ai un souci queue l'ordi m'écrit directement « raboule » alors queue je voulais juste écrire le mot « raboule », enfin tu vois ce queue je veux dire, pas vraiment le mot « raboule », mais un mot en français qui veut dire « quick ». Bref, qu'est-ce queue je fais pour débrancher momentanément le logiciel quand je veux écrire un mot à moite ?

De : Otto
À : Fonelle
Objet : Solution à tout
Ma belle, il faut mettre entre guillemets les mots qui posent problème. Le logiciel complète les mots d'après les deux premières lettres et le contexte, et te propose un vocable de ta niche perso qu'il a mémorisée sur ton disque dur.

De : Bianca
À : Fonelle
Objet : Problème ton écriture
C'est quoi ce charabia que tu m'envoies ? Quand c'est que tu me télécharges le logiciel, que je l'aie ? Pourquoi que tu mets des « queues » partout ?

De : Fonelle
À : Bianca
Objet : Solution à tout

Ça y est, le problème est « réglé ». C'est en fait que le logiciel a mémorisé les vocables que j'utilise d'habitebitebitebitebitude, et donc me les écrit d'orifice, ah merde, pardon, « d'office » dans les mails. Mais il suffit « que » je mette les mots qui posent souci entre guillemets pour « que » le problème ne soit plus « que » mauvais soutif ; euh, pardon, « souvenir ».

De : Félicien
À : Fonelle
Objet : Mon amour !

Ma douce, je m'ennuie au bureau. Je veux être avec vous dans une cage d'escalier, vous pourriez même de nouveau vous accrocher à la rampe, qu'en pensez-vous ?

De : Fonelle
À : Félicien
Objet : Mon chéri, mon amour !

Cocument allez-vous aujourd'hui ? Moi, je ne sais plus où j'habitebite.

De : Félicien
À : Fonelle
Objet : Mon corps préféré, mon âme !

Ah, vous avez fait un lapsus. J'ai l'impression que vous m'avez été infidèle, du moins en pensée… Relisez votre mail… ! Hi hi hi !…

De : Fonelle
À : Félicien
Objet : Mon tout beau, ma bague à l'« annulaire »
C'est pas un lape suce ! Je peux tout vous expliquer. J'ai un virus.

De : Fonelle
À : Otto
Objet : Garde-la, ta merde !
T'as deux minutes pour m'expliquer en termes clairs comment on retiretire ce mouchard de mon ordi, ou j'en suis plus ta « cousine ».

De : Otto
À : Fonelle
Objet : Re : Garde-la, ta merde !
Pour t'en débarrasser, en fait, il suffit de l'envoyer à quelqu'un d'autre.

De : Fonelle
À : Bianca
Objet : Écriture intuitive
Tiens, j'en te file le mien. J'en suis une vraie amie.

Où Fonelle, enfin, a sa peau
contre la peau de l'homme qu'elle aime

De : Fonelle
À : Bianca
Objet : Intimité
Félicien a passé la soirée ici. Il vient de partir. On a enfin fait l'amour. C'était énorme. Tu veux tout savoir ?

De : Bianca
À : Fonelle
Objet : Re : Intimité
Non, surtout pas. Tu as enfin ta part intime avec un vrai truc de valeur important pour toi. Sauvegarde ça.

De : Fonelle
À : Bianca
Objet : Re : Intimité
Ouais, t'as raison, j'ai ma part d'intimité et ce sera encore plus beau si je laisse tout ça en moi.

De : Bianca
À : Fonelle
Objet : Re : Intimité
Oui, ce sera beaucoup plus beau.

De : Fonelle
À : Bianca
Objet : Re : Intimité
Plus beau à mort.

De : Bianca
À : Fonelle
Objet : Re : Intimité
Plus beau à mort.

De : Fonelle
À : Bianca
Objet : Re : Intimité
Cela dit, je m'étais habillée hypersobre, genre dans les tons de la fille guère assujettie à la fashionerie. J'avais passé les bottes en vinyle jaune de chez Miu Miu à la bombe noire, et j'avais une jupe longueur aux genoux, avec des bas sobres, couleur chair. J'avais un corsage tout bête, pour faire genre j'ai passé un truc sur moi, mais on peut le retirer facile. Bref, j'étais tellement l'éternel féminin que même mon chat arrêtait pas de me reluquer en se faisant une toilette de folie. Là-dessus, bon, mon portable sonne. C'était Félicien, qui avait oublié le code, vu qu'il ne l'avait jamais eu, vu qu'il n'était jamais venu. Là-dessus, j'entends qu'il monte l'escalier et j'ai à peu près une descente d'organes à imaginer que là, entre ses belles guiboles et son petit cœur, y a TOUT LE RESTE. Là-dessus, il arrive à ma hauteur et me plaque direct contre le mur, sans un mot. Visiblement, il ne voulait plus parler, c'est ça qu'il fallait comprendre ave ce qui me restait de cerveau. Bon,

là-dessus, on ne parle pas, tant pis. Moi j'avais plein d'idées de mots grivois à dire à brûle-pourpoint, mais on sentait à la teneur de la qualité du silence de cet homme qu'il valait mieux rien dire avec la bouche, quitte à faire d'autres trucs avec les lèvres, genre en substitut de vocabulaire, genre je suis Emmanuelle Laborit et il faut absolument que je me fasse comprendre. Là-dessus, je suis à poil, et Félicien torse nu, mais voulant pas que je le détaille parce que pudique. C'est pas mignon ? Je te décris son corps au passage. Un physicien en plein : certainement bourré d'ADN, mais pas la queue de la mémoire génétique du moindre muscle dans son petit corps chétif. Cela dit, je m'en fiche, car, comme tu le sais, des muscles, j'en ai tant vu que y a dans mes rêves un passé qui s'appelle Monsieur Propre si j'additionne tout le monde. Là-dessus, comme on était encore sur le palier, mon chat sort. Là-dessus, le pantalon de Félicien tombe. Là-dessus, le voisin aussi sort. Tronche du voisin devant l'installation de la FIAC que Félicien et moi on formait dans la cage d'escalier. Moi, très à l'aise, je trouve même l'à-propos de demander au voisin si la réunion des copropriétaires s'est bien passée. Là-dessus, le voisin s'éclipse, et on reprend Félicien et moi nos folies. Là-dessus, je vois trente-six chandelles et le plafond se met à tourner avec des lampions qui s'allument et des petits anges qui chantent le Magnificat. Même Françoise Dolto appelle ça un coït. Tout ça est arrivé à moi. Ça t'impressionne pas que j'aie enfin réussi à partager un moment d'intimité avec sans doute un des hommes les plus intelligents de la planète et pourtant qui s'est laissé abuser par ma comète AVANT MÊME D'ÊTRE COMPLÈTEMENT CHEZ MOI. Reprends tout depuis le début, poulette. Ça, c'est pas un minet à deux APC comme les autres, c'est Félicien ! Un physicien ! Pantalon de tergal ! Il a fait une thèse d'État sur l'incidence de PU34 sur les reproductions de lypocythes R dans les déflagrations de molécules en coursives. Ça fait deux ans que je lui cours après ! Ça fait deux ans que cet homme se demande s'il va être à la hauteur, hyperconscient du fait qu'avec moi c'est hollywoodien ou rien. Et là, enfin, il s'ouvre, avant ma porte ! Tu vois pas, purée, le côté Kissinger de mon entreprise ! Surtout face à un homme qui doit énormément douter de lui sinon il vivrait pas dans un labo. C'est dingue, non ?

De : Bianca
À : Fonelle
Objet : Re : Intimité

N'en dis pas plus.

MAKING OF
par Marie Perron

Là, Fonelle
a six mois,
elle a pas
encore
rencontré
Félicien

Là, Fonelle est à la
Sorbonne, et cherche
déjà son
Félicien

Et un jour, la rencontre...
ici, Fonelle attend un mail de Félicien.
Félicien
c'est lui

Là, cèst Fonelle qui a reçu un mail de Félicien
Fonelle regarde passer le mail de Félicien dans le câble

Ici,
Fonelle rêve qu'elle
domine Félicien.
ici Fonelle rêve
qu'elle est dominée
par Félicien

un rêve de Fonelle:
Félicien lâche prise et jouit
Fonelle se demande si le string est un vêtement romantique
Ici, Fonelle croit rassurer Félicien

Dans chaque roman,
Fonelle cherche Félicien.

A la télé, souvent, elle
croit voir un Félicien.
Dans chaque pays
Dans chaque musée
Sur chaque statue
Fonelle trouve un détail
qui est Félicien.

Tout ce que Fonelle veut faire avec Félicien :

du vélo...

du ski...

e la corde à sauter…

du cheval...

e paradis de la toupie.

Le paradis de la souplesse.

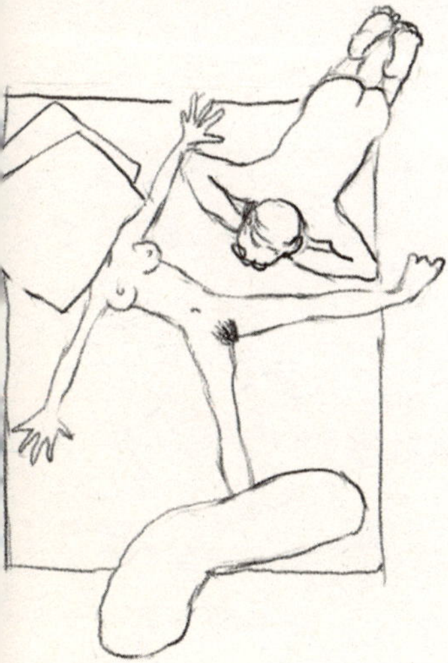

c paradis de la transparence.

le paradis parallèle.

Le paradis de la cuillère.

Le paradis de la chasse.

Le paradis de la confiance.

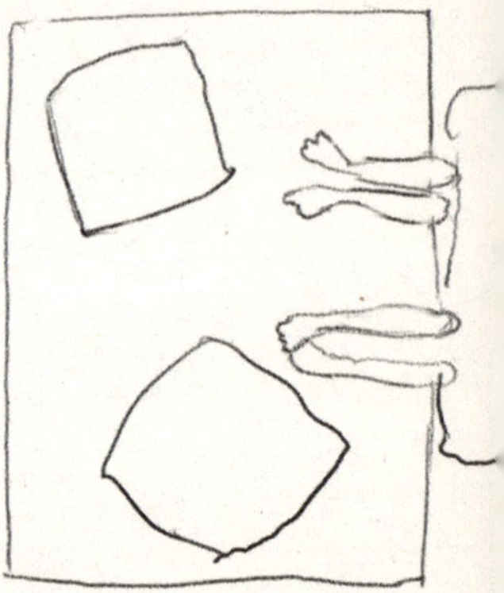

le paradis, quoi.

Table des matières